君と僕と夜の猫

Kawai Yumiko
かわい有美子

イラスト　笠井あゆみ
ブックデザイン　内川たくや

君と僕と夜の猫

一章

I

枕の横でけたたましく鳴る目覚ましを、柳井夏生《やないなつき》は低く呻《うめ》きながら止めた。

眉《まゆ》を寄せ、引き寄せた目覚まし時計を裸眼で恨めしく睨《にら》んだあと、夏生はベッドの上に身を起こす。

松の内が明けたばかりの一月の朝、天気のせいか七時半を過ぎても磨《す》りガラスの向こうはまだ薄暗い。少し前にタイマーで動き出したエアコンがなければ、こんな底冷えのする古い京町家ではとても布団の中から出られない。

暖かな布団の中に未練を残しながら立ち上がった夏生は、小さく呻いてベッドの上に腰を落とした。

「痛《いた》…」

身をかがめ、夏生はしばらく眉を寄せて左足首を押さえた。

「今日は、ほんまに冷えるんやな」

夏生は痛む足首をさすりながら、ぼんやりと明るくなりはじめた窓辺の磨りガラスを振り返る。

昔ながらの木枠の窓は、ぴったりと閉ざしていても、ガラス越しにひんやりとした冷気が忍び入ってくる。冬場の冷気対策でベッドは窓から少し離してあるが、それでも窓辺から忍び入ってくる冷気はいかんともしがたい。

もともと京都の町家《まちや》は、夏涼しく過ごせるように作ってある。冬の寒さに備えた造りではない。むしろ、寒さに対する対策はないに等しい。冬になるたび、昔の人間はストイックに出来ていたものだと感心する。

夏生も子供の頃は布団で寝起きしていたが、事故で一時は車椅子《くるまいす》生活となったため、それ以降はベッドを使うようになった。今もおそらく、冬は床に布団を敷いて寝るのは厳しい。

夏生の左の脚は、足の甲から足首、膝《ひざ》へとかけての皮膚の一部が変色している。さらに上から下までの大きな縫合跡に加え、何ヶ所かの目立つ傷跡が残っていた。この古傷の痛みは、夏生にとって寒さのバロメーターにもなっている。

痛む足首をいくらかマッサージしたあと、夏生は着ていたパジャマをタートルネックのニットとデニムに着替えた。ベッドサイドに置いていた眼鏡《めがね》をかけながら、冷えのせいで痛む足首にはウールの厚手のレッグウォーマーをはく。ショート丈のものだが、これがあるのとないのとでは痛みがかなり違う。

いつものようにわずかに左脚を引きながら、階下へ下りる。人の気配のない一階は、二階の夏生の部屋よりもさらに冷えきっていて、しんと音がしそうなほどだ。

居間のガスファンヒーターのスイッチを入れると、夏生はガラス戸を開け、土間にかまどを据えた昔のままの造りの台所へと下りた。土間にすのこを敷いただけの台所は、そのまま玄関まで通じる空間なだけに、こんな冬の早朝には冷気が漂って白く見えるようにも思えた。

とても長居はできない寒さに身震いした夏生は、冷凍庫から取り出したご飯を電子レンジに放《ほう》り込み、電気ケトルで湯を沸かしてさっさと土間から上がる。

湯を沸かしている間に、奥の座敷庭へと続く廊下の途中の流しで顔を洗った。昭和の頭の頃からあるという水色のタイルの流しは、年季の入った蛇口から流れ出る水も、氷のように冷たい。

「寒…」

タオルに顔を埋《うず》め、夏生は小さく呟《つぶや》いた。

小さい頃から慣れているとはいえ、冬の朝はほぼ毎日、これの繰り返しだった。

母が生きていた頃は、まだ朝下りてきた時には階下も部屋の中は暖かかったが、今は本当に寒さが身に沁《し》みる。特に左足首のあたりは、冷気の枷《かせ》がはまっているように重く疼《うず》く。

「痛《いった》ー…」

夏生は顔をしかめ、さっきよりも鈍く締めつけるように痛む左の足首を再度いくらかさすったあと、髪をセットした。

鏡の向こうから表情薄くこちらを見ているのは、フレームレスの眼鏡がそれなりに様《さま》になったすっきりと端整な顔の自分だ。派手さはないが、その分無駄もない。持ち前のスマートさとそつのないトークなどもあって、三十男となった今でも相手には不自由はない。

ただ、これまでの人生を通して見ると、自分は自分で考えているほど要領よくもないのだろうかと思いながら、夏生は台所へ戻る。

沸かしたお湯で番茶を淹《い》れると、ご飯をよそった茶碗、漬け物、急須、湯呑《ゆの》みをまとめてお盆に載せ、暖まった居間へと上がった。

かじかんだ指をこすり合わせて急須から湯呑みと茶碗にお茶を注ぐと、毎朝の習慣ともなっている茶漬けでさっさと朝食をすませてしまう。ひとり暮らしなので、今はそれが行儀悪いと咎《とが》める者もいない。

身体《からだ》を温めるためにも、お茶だけは少しゆっくりと時間をかけて飲むと、夏生は吐く息が白く曇る台所で使った食器を洗い上げる。

ついでに昨日の晩からセットし、この時間に予約運転で洗い終えておいた洗濯物を、二階の空《あ》いた部屋に干した。風通しのいいよう、窓は少し開けておく。古い町家の特性で軒は長いので、多少の雨ぐらいなら降りこまないし、盗《と》られて困るような物もほとんどない家だ。

そこまでがほぼ決まった毎朝の習慣で、そろそろかと時計を眺めて時間を確認すると、夏生は玄関の土間に入れてある自転車を表へと引っ張り出した。

麩屋町通《ふやちょうどおり》にある仕事場まではさほど離れてはいないが、歩くとどうしても足を引きずるのが煩《わずら》わしいので、通勤や買い物はほぼこの自転車を使っている。たいして飾り気もない、ママチャリとサイクリング車の中間のような、友人からのお下がりの黒い自転車だった。坂のない街中を移動するだけなので、高価なクロスバイクやロードバイクを買うほどの必要もない。

ダウンジャケットにマフラーを巻くと、夏生は財布などを入れたメッセンジャーバッグを肩に、表に出る。

鍵《かぎ》をかけて自転車に跨《また》がると、いつものように斜め向かいに住む幼馴染《おさななじ》みが朝刊を取りに外に出てきたところだった。夏生はペダルをわずかに踏んで、京都の街中には珍しい、蔦《つた》を絡ませた大きな洋館の玄関へとつける。

『綾部《あやべ》医院』と看板の掛かった和洋折衷型の古い洋館は、昭和の初期に幼馴染みの祖父である初代の医院長が建てた医院併設の住居だった。個人宅としてはあまり洛中《らくちゅう》で見かけない煉瓦《れんが》造りの洋館で、重厚感のある美しさは建築史的にも価値があると、登録有形文化財の指定を受けている。

夏生の家は医院側にあるため、幼馴染みの出てきた母屋《おもや》部分とは少し距離がある。

「なっちゃん、おはようさん」

長身をかがめ、立派な煉瓦造りの門に設けられた郵便受けから新聞を取り出した男は、いかにも京男らしいふんわりとした挨拶《あいさつ》を向けてきた。

百八十センチを超す長身、めりはりの利いた男らしい顔立ちの二歳上の幼馴染みは、ぱっと見には角《かど》のないやんわりとした京言葉を話すようには見えない。

しかし、一度口を開いてしまえば、それはいつもこの男が浮かべたやさしく人好きのする笑みにまったく違和感なく馴染んでしまう。あまり通らない低くくぐもった声が、よりその物言いをやわらかく、やさしくしている気がする。

綾部智明《ともあき》、夏生の子供の頃からよく知った幼馴染みはいつもこうしたおっとりした話し方をするが、性格的なものだろうか、悪く言う人間に会ったことがない。

「おはよう、智《とも》ちゃん。この時間に起きて、九時の開業に間に合うん？」

智明がこの時間に朝刊を取りに出てくるのはいつものことだが、夏生はからかってやる。

「まぁ、廊下渡れば医院やしな。上に白衣さえ着てしまえば、なんとかなるわ」

まだネクタイを着けていないシャツにスラックス、ニットのカーディガン姿で智明は笑った。

さほど困った様子もないおおらかな言いようは、いかにも智明らしい。

まだセットしていない固めの黒髪は少し乱れているし、髭《ひげ》も剃《そ》っていないが、そこは町の外科医で、この力の抜けた格好の上に白衣をまとえばなんとかなるというのも確かだ。

それにまだ身仕舞もただしていない、人によってはルーズにも見えるくだけた姿すら、いい意味での隙《すき》にも、ふわっとした愛嬌《あいきょう》にも見えてしまうのが智明の得なところだ。

綾部家の朝食はパン食で、コーヒーと共に流し込めばさほど時間も取らないという智明の昔からの言い分通り、実際に智明はぎりぎりであっても時間に遅れることはない。

「今日は寒いしな、傷痛まへんか？」

智明の労《いたわ》りに、夏生は自転車に跨ったまま笑みを作った。

「そやね、今日は少し冷えたみたいや」

寒いし、仕方ないけどなぁ、と夏生は言葉を継ぐ。

「十分、温《あった》めとき。もし、あんまり痛むんやったら、帰りに寄り。ついでに夕飯も食べていけばええわ」

子供の頃から長いつきあいである智明の誘いは、落語のぶぶ漬けの話ではなく、掛け値なしの思いやりからくるものだ。そうして夏生はこれまで何度となく綾部家で食事をご馳走《ちそう》になったし、夏生の両親がいた頃には逆に智明が夏生の家で食事を共に取っていたこともある。

今でも智明の母親が体調を崩している時などは、代わりに夏生が食事を作って差し入れることもあった。

「ありがとう。行ってくる」

「気ぃつけて行きや」

毎日、智明がこれを言うために、始業前のこの時間に表に出てくると知っている夏生は頷《うなず》き、ペダルを踏み出した。

「ほなね、智ちゃん」

ああ、という声が追いかけてくる。

何でもないような朝の挨拶でいて、夏生が堺《さかい》にいた間を除き、大学時代も今も夏生が家を出る

時間にあわせ、ずっと繰り返されてきた労りと見送りの言葉だった。

けして智明のせいではないのに、夏生が引きずる左脚に智明が抱《いだ》く罪悪感を知っている。やさしすぎる幼馴染みが絶対に口に出さない努力は、高校時代、智明が退院してきた夏生の車椅子を押して、毎日通学に付き添ってくれてきた頃から知っている。

無理をしなくていいと言っても、これから先も智明はこの朝の挨拶をやめないだろう。

それが夏生の支えであり、幼馴染みへのささやかな優越感であり、同時に長らく智明に感じている罪悪感でもある。

智明のせいでもない事故が、いつまでも二人を縛り続けているようなものだ。まるで共犯意識にも似た、表裏一体の罪悪感を抱え、智明と夏生はこの古い街に暮らしている。

新しいビルの中に、まだまだ昔ながらの古い町家が並ぶ朝の通りを、夏生は今朝も職場に向かって自転車を走らせた。

夏生の一日の仕事は、麩屋町通にある店の表に、『柳井』と染め抜いた藍染めの大きな長暖簾《ながのれん》を掛けることから始まる。

藍の暖簾は手堅い商売を信条とする商家の証《あかし》だというのは、死んだ父に何度となく聞かされた言葉だ。そのせいか、店を始める時には迷うこともなく、暖簾に藍の色を選んでいた。

まだこの小さな店がうまく軌道に乗るかどうかもわからないというのに、幼い頃から聞いて育った言葉はいつまでも深い部分に残っているものだと、自分でも笑えた。

ただ、柳井と染め抜いた暖簾には、―ＹＡＮＡＩ―という英字表記も共に添えてあるのは、昨今の流行《はや》りや見た目のスマートさも意識している。

歴史と風格のある老舗《しにせ》とは違って、店構えも今風だ。こんなささやかな店構えで、ただただ重々しいだけでは入りづらい。客層も当初は二十代から三十代あたりの、道具に対するこだわりのある男性客を想定していたために英字表記を添えたが、夏生自身はこの暖簾を気に入っている。

間口の狭いテナントビルの一階にある、小さなギャラリー程度の広さの店だ。中にはカウンターと時間待ちのためのスツール、商品である刃物を並べた壁一面のショーケースがあるだけだった。

木のカウンターと木枠のショーケースがなければ、壁も床もコンクリート打ちっ放しの店内は殺風景なことこの上ない。その雰囲気をやわらげているのが、飴《あめ》色の木のカウンターと、座面がカウンターと同じ素材で出来たシンプルなスツールだった。

作業用の飾り気のない紺のエプロンを身につけ、空調を入れた空間で昨日の残りの研《と》ぎ物を淡々とこなしていると、九時半過ぎに智明よりもさらに背の高い男が入ってくる。

「おはようございます」

「ああ、おはようさん」

夏生はちらりと顔を振り向け、男を迎えた。

「すみません、遅れまして」

「遅れてへんよ、まだ開店前やし」

「いいえ、電車一本乗り遅れました」

電車一本乗り遅れると、十五分ほど遅れてしまうと恐縮したように頭を下げるのは、夏生のひとつ歳下《としした》の藤原宗近《ふじわらむねちか》だった。上背《うわぜい》があって体格もいいが、背が高すぎるせいか、やや猫背だ。

それでもかっちりと広い肩幅には、濃紺のダウンがよく似合う。これで姿勢さえ良ければ…、と夏生は苦笑した。

削《そ》いだようにストイックな宗近の顔立ちは、いつも古い白黒の写真の中の将校を思わせる。

「堺やし、遠いのわかってるから。忙しいとこ、無理して来てもろてるんやから、電車一本ぐらいかまへん」

大阪の堺からこの時間に店に着こうと思えば、宗近は夏生が起き出した七時半過ぎにはすでに家を出ていなければならないはずだ。それを責める気はさらさらない。

「気ぃつけます」

言いながら、宗近は肩に引っかけてきたボディバッグをカウンター奥のバックヤードへと置き、さっさと作業用エプロンを着けて戻ってくる。

「お茶ぐらい飲んで、ちょっとゆっくりしぃな」

「じゃあ、夏生さんの分も淹れときます」

無駄を嫌う宗近はすぐにバックヤードに引っこみ、マグカップに二人分のお茶を淹れて戻ってきた。

「研ぎもんやったら、俺やりますけど」

夏生の手許《てもと》に目をやり、宗近は申し出る。

「いや、ええて。これも練習やし。とりあえず座って、そのお茶飲んだら？」

夏生は生真面目《きまじめ》な男に片頰《かたほお》で笑って見せる。

宗近は、堺の庖丁《ほうちょう》職人であり、夏生の刃物の師でもある藤原宗義《むねよし》の次男だった。ひとつ歳下なので敬語も使ってくれているが、宗義の仕事場においては中学の半ばあたりから手伝いをはじめた宗近の方が十年ほど先輩になる。

職人の道で十年ほど先輩というのは、場合によっては直接に口もきいてもらえないことがあるほど格上だった。

大学卒業後、堺へと住まいを移し、宗義に師事していた夏生が、高校時代の同級生の紹介でここに小さな店を構えたのが二年前。

庖丁職人としてはまだまだ看板を上げられるレベルではないが、もともと夏生が宗義に師事したのは、刃物専門店を開くため、そして、刃物についての職人意識を養うためだった。おかげで本来は父に教わるはずだった刃物に関する知識や見識は、それなりに身についたように思う。

また、古い考え方だが、宗義を通じて刃物職人やその関係者の信用、人脈も得られた。

一軒の店を構える商売については、まだまだこれから経験を通して自分で勉強していかねばならないが、それは新しく商いを始める人間は皆、同条件だろう。むしろ、親が残した負債もなく、また、宗義という良き師を得られた夏生は恵まれている方だといえる。

幸いにして、隣のビルの管理人を兼ねるという約束で、この店のテナント料も格安に抑えてもらえた。

あの『佐用《さよう》』の先代のひとり息子が開いた刃物専門店という口コミも徐々に広がったようで、ありがたいことに贔屓客《ひいききゃく》も増えてきた。最初は広告も兼ねて始めたネット通販も、京都の刃物専門店の通販が他になかったせいか、そこそこ利用者がある。

さらに夏生に幸いしたのは、錦市場《にしきいちば》の『佐用』とは異なり、若い料理人や職人層向けの品の他、アウトドア用や専用工具、趣味のオーダー品なども積極的に扱うと、男性向け専門誌で紹介されたことだ。

男性向け専門誌というのは、物《モノ》や空間にこだわるコアで手堅い読者がそれなりについている。去年の秋口から夏生だけでは手がまわりきらなくなり、夜も深夜近くまで仕事場に残っていると聞いて案じたのが、師である宗義だった。

宗義は高校時代に亡くなった夏生の父とは同い年で、生前の父と親しかったせいだろう。夏生の身の上に対する同情もあってか、ひとりの職人としては非常に厳しい宗義も、作業場を離れると、無骨な人柄ながらずいぶん夏生を案じてくれる。

本来は家族以外は入れないという作業場に夏生を弟子として入れてくれたのも、宗義と父との古い縁によるものだった。

その宗義の采配もあって、週に一、二度程度、堺から手伝いにやってきてくれているのが、この宗近だ。

宗義には青二才などと言われているが、宗近は経験も腕も夏生をはるかに凌《しの》ぐ。特に研ぎに関しては中学の頃から宗義に仕込まれているだけあって、速さも腕も見事なものだった。

宗義がもともと刀鍛冶の技術をもとにした本焼き庖丁を作り上げる職人なだけに、この宗近も夏生にはまだとても扱えない刀の類《たぐい》ですら見事に研ぎ上げてみせる。

刃物の研ぎには、ある種のセンスが必要だ。

そして、子供の頃から本格的な焼き入れ庖丁、場合によっては刀にも等しい長い本物の打ち刃物を見て育った宗近は、そのセンスが抜きんでていた。

もっとも宗義に言わせれば、日本刀に関しては完全な分業制が確立しており、日本刀を専門とする本職の研ぎ師がいるのだから、庖丁職人ごときが日本刀に関して、自分は刀もやれますと大きな顔をすべきではないという。

ただ、これは裏を返せば庖丁専門の職人としての、宗義の徹底したプロ意識でもある。自分達は、武具であり、今や美術品ともなっている日本刀の専門鍛冶ではなく、まさに仕事場で料理人が毎日使うための庖丁を作る専門の職人であるという、強い自負からの言葉だった。

「それより、俺の研ぎがおかしい思《おも》たら、遠慮のう言うてください」

仕事が絡むと、夏生は兄弟子になるこの宗近に対する遠慮もあり、半ば以上敬語になる。

「いや」

背の高いスツールにもなんなく腰を下ろしながら、マグカップを手にした宗近は低く言った。

「夏生さん、ちゃんと腕上げてきてるし」

応《こた》える宗近もタメ口に近い。

「でも、先生はまだまだやって言うたはった」

カウンター内で、研ぐ刃物によって電動縦型水研磨機と幾種類かの砥石《といし》を使い分けながら、夏生は横顔で笑った。

「まぁ、ほんまのことやから、しゃあないけど」

この水研磨機は、店を持って間もない頃、大枚をはたいた特注のものだ。

『柳井』では『佐用』同様に研ぎの仕事も受けるし、客が買い上げてくれた商品はいつも仕上げ研ぎをして渡す。刃物の研ぎは基本中の基本だった。

ただ、それこそ中学の頃から父親に厳しく研ぎについて仕込まれた宗近とは違い、夏生は実家と錦市場にある『佐用』の店とが隣接していなかっただけに、宗義の作業場に赴くまではほとんど研ぎ物などしたことがなかった。

高校時代には休みになればいくらか仕込むと父の秀勝《ひでかつ》から言われていたが、結局、夏生の事故と父の入院とでそれも実現しなかった。

もうずいぶん昔の話だが…、と夏生が研ぎ上げた刃物に指を沿わせて研ぎ具合を確認していると、お茶を飲み終えた宗近が、時計を眺めて立ち上がった。

「そろそろ開店準備します」

「ああ、ほんまやね。頼みます」

夏生がちらりと時計を眺めて応じると、宗近はカップをバックヤードへと運んだ。そして、夏生の代わりに店内にはたきをかけ、カウンターや表のガラス戸も含めて、すべてのガラスをきれいに磨き上げてくれる。

職人畑で育っただけに、あいつには接客などできないのではないかと宗義が案じていたが、確かに饒舌《じょうぜつ》ではないものの、その分、刃物に関する知識は確かだし、こまめに立ち働いてくれるからありがたい。普段は夏生が一人でやる掃除も、宗近がいる日は引き受けてくれるから楽だ。

最後に店内に掃除機をかけると、開店準備は整った。

「夏生さん、お客さんっぽいです。俺、研ぎ代わります」

掃除機を奥へと運びながら、宗近が声をかけてくる。

砥石を使っていた夏生が手を止めて振り返ると、ガイドブックを手に暖簾の横から店を覗《のぞ》き込んでいる若いカップルがいる。

夏生は二人と目が合うと愛想よく微笑《ほほえ》み、会釈した。

二人は顔を見合わせ、夏生の笑みに引かれたように店のドアを押して入ってくる。

「いらっしゃいませ」

夏生は二人に向かって声を投げた。

II

夏生を見送った智明は、朝刊を手に母屋の食堂へと入ってゆく。

「どお？　夏生ちゃん、足痛むて言うてなかった？」

智明の朝の日課を心得ている母の和子《かずこ》が、キッチンからスクランブルエッグとハム、トーストの載った皿を運びながら尋ねてくる。

がっしりとした樫《かし》のテーブルの上には、サラダとオレンジジュース、コーヒーカップがすでに並んでいる。建築当時、京都の街中には珍しいハイカラな洋館だった智明の家は、この家を建てた亡き祖父の好みで、昔から朝は洋食だった。

まだずっと小さな子供だった頃、夏生がそれをかっこいいと盛んにうらやましがっていたことが懐かしい。柳井家の朝から和食という風習も、あれはあれで智明には珍しくて気に入っていたから、人それぞれなのか、ないものねだりなのか。

それでも、あの頃から夏生は子供ながらに洒落《しゃれ》たものやライフスタイルに敏感で、智明もそんな夏生のセンスのよさは他とは違うと思っていた。それが中学、高校と上がるにつれ、より夏生の意識が洗練されていくのは横にいてもわかったし、そんな幼馴染みの様子は見ていて嬉《うれ》しいものだった。

明らかに金がかかっていると見せつけるファッションスタイルではなく、見せ方はもっとさりげないが、夏生は京都の着倒れを地で行くようなところがある。今でも夏生の感性は、店構えやその店頭に並ぶ品物選びを含めて、やはり抜きんでている。

どこで身につけたのか、実家が商売をしていたためか、あれが夏生のもともとのキャラクターなのか、客あしらいにもそつがない。

それゆえに、夏生が二年前に開いた刃物専門店の『柳井』は、口コミで徐々に評判が上がってきているのだろう。

結果的にそれが吉と出たのか凶と出ているのかわからないのが、夏生にとっては皮肉なのかもしれないが…、と智明は目を伏せる。

「うん、今日は寒いし、冷えたって」

「ほんまにあの子も、かわいそうにねぇ」

それこそ子供の頃から夏生をよく知り、とりわけ高校以降の幸薄い身の上を、智明同様、すぐ近くで見てきた和子は同情する。

「ああ、お母さん、コーヒーは俺淹《い》れるし。座ってて」

智明は和子に声をかけ、キッチンからコーヒーサーバーを取って戻る。

「お店の方、あんじょういってはるんでしょう？」

和子はコーヒーを注ぎ終えて向かいに座った智明に尋ねてくる。

「いってるんちゃうかな？　あのお師匠さんの息子のガタイのええのが、堺からちょこちょこ手伝いに来るぐらいやしなぁ」

万事おっとりしていると言われる智明にしては、少し含みのある言いまわしとなってしまったが、和子は気づかなかったようだった。

「あんたより背ぇ高い子やねんて？」

「俺より？　高いよ。あれ、百八十五は超えてる。なんかやってた言うてたけど」

何やったかな、と首をひねる智明に、和子は明るく声を上げて笑う。

「あんたもそやけど、夏生ちゃんも背ぇ高いし、あんまり背の高いのばっかりそろてると、見通し悪ぅてしゃあないわねぇ」

「それはすみません」

はぁ…、と智明は母の遠慮のない言いように、適当に頭を下げておく。

「あんたも何をやったら、そんなにニョコニョコ伸びたんやろねぇ？　史治《ふみはる》はたいしたことないのに」

「お母さんの子ですし、そんな竹の子みたいに言われても。それに、兄ちゃんは兄ちゃんで身長はそれなりにあるよ。背丈だけでいうなら、なっちゃんと一緒や。横幅はなっちゃんの倍ほどあるかもしらへんけど」

「へぇ、あの子、そんなに背ぇあったかしら？　なっちゃんは見た目にもすっとしてて男前やけど…、ああ、顔の大きさのせいで、背も低ぅ見えるんやろか？　あの子、最近、生え際がじわじわ後退してるから、よけいに顔も大きぃ見えるんとちがうかしらねぇ？」

和子はぽんと手を打つと、口調だけはおっとりおっとりと上品に、我が子に向かって辛辣《しんらつ》なイケズを言ってのける。

「なっちゃんは小顔やし、いかにも涼しい感じの男前やから、背もこう、すうっと高《たこ》う見えるんよね」

和子にかかれば、市内国立大学の附属病院に勤務して、今はそれなりの肩書きを持っている兄の史治も形無しだった。

「濃い顔の兄弟ですんません。お母さんの子供ですけど」

「まぁ、それでも、お店がうまいこと軌道に乗ったんやったらええわ。いっときは、この子、ほんまにどうなってしまうんやろ、て思たから。柳井さんとこの奥さんも、心残りやったろうしねぇ」

夏生の母親の光子《みつこ》と親しかった和子は、何ともやりきれない顔を見せた。

夏生の身の上についていて、智明はそれ以上は語る気にはなれず、レタスを載せたトーストの上にハムやスクランブルエッグを移す。見場はよくないが、これをざっくり半分にたたんでサンドイッチにしてしまう。

行儀が悪いから絶対によそではせんとってね、と和子に釘《くぎ》を刺されているが、子供の頃から朝食はこうして食べてきた。

休みの日に夏生が家に泊まった子供の頃は、夏生が智明の食べ方をそっくり真似《まね》て、智明と共に和子に注意されたこともあった。今となっては懐かしい記憶だ。

二つ下の夏生は智明とは幼稚園も小学校も同じ、中学、高校ですら、智明と同じ私立の中高一貫の男子校だった。夏生は一人っ子だったので、その分、小さい頃からよけいに兄弟のように親しく互いの家を出入りしていたし、中学、高校時代は二人共同じ弓道部に在籍していたこともある。それこそ五つ歳の離れた実の兄の史治よりも、感覚的にずっと近い存在だった。

そんな夏生が代々の家業であった老舗の刃物専門店『佐用』を継がず、ひとりで麩屋町通に店を新しく構えたのには、少々込み入った事情がある。

『佐用』といえば、京都では古くから、『東の「佐用」、西の「有久《ありひさ》」』といわれるほどの刃物専門の老舗、京都の台所ともいわれる錦市場で長く伝わる二軒のうちの一軒だった。

ところが、夏生の父であり、この『佐用』の十八代目だった秀勝は、夏生が高校二年の時にわずか四十二歳で早世してしまった。智明が大学に入ったばかりの頃だ。

室町《むろまち》の頃から五百年ほど続いた刃物の老舗とはいえ、基本的には個人商店だ。当主が倒れれば、商売は立ちゆかなくなるし、夏生はまだ高校生ですぐには店を継げなかった。

そのため、『佐用』は秀勝の下《もと》で店を手伝っていた、当時、専務という立場だった秀勝の弟、夏生にとっては叔父にあたる秀夫《ひでお》にいったん任せられることになった。

秀夫は当時は改名前で、康夫《やすお》という名前だったろうか。秀夫の改名前の名前までは正確には覚えていないが、『佐用』の当主は名前に『秀』の字がつくというのは子供の頃から何度となく聞いていたから、それで名前をわざわざ変えたのだとは思った。

ただ、当主の改名そのものは、長く続く老舗ではたまに聞く話だ。代々続いた古い店や家には、他家にはないしきたりがあるのも珍しい話ではない。それを何百年と守り続けるのも、あえてしきたりを破って家風を一新するのも、その家それぞれの判断だ。

若くして亡くなった秀勝のことは気の毒だったが、新たに叔父が父親に代わり、夏生が成人して『佐用』に入るまで店を守る。夏生は叔父の下で『佐用』の次期当主となるまで経験を積み、かつて叔父が専務として父を手伝ったように店を支える。やがては叔父の隠居と共に、夏生がまた店を継ぐ…、それですべてはうまくいくように思えた。

むしろ、叔父の秀夫の存在は、あの時の『佐用』や夏生にとっては救いであるようにも見えた。叔父さんがいてくれて助かったというのも、当時の夏生や夏生の母親の口から聞いたし、周囲もそろってそう言った。

夏生自身の学校での成績はよかったが、店を任せている叔父に申し訳ないので、大学には進まず、高校卒業と同時に店に入ると夏生本人が言い出したのも、その頃だ。それを『昨今は皆大学まで進む、せっかくだから、今後のためにもちゃんと経営を学んだ上で店に入ればいい』と熱心に説得したのは、夏生の叔父の方だった。

結局、叔父の勧めに従い、夏生は奨学金を受けて大学へと進んだ。

あの頃の夏生の表情は、まだ色々やわらかかった。十六、七歳で身の上に降りかかった事故や父親の急逝と辛《つら》いことは多かったが、まわりに支えてもらって感謝しているという言葉はよく夏生の口からも聞いたし、智明もそれに違和感を覚えなかった。

夏生の雰囲気が少し変わったのは、大学の半ばあたりだったろうか。

叔父の秀夫にはひとりの息子、夏生にとっては従兄弟《いとこ》にあたる存在がいるのだと、周囲が認識しはじめたのもその頃だ。

――秀夫さんは夏生やのうて、向こうの秀正《ひでまさ》ちゃんに店継がせたいみたいです。

光子が表情を曇らせ、和子にこぼしたと言うから、夏生もちょうど同じ頃にそのように認識したのだろう。

叔父と徹底して当主の座を争う方法もあったのだろうが、夏生はそれを望まなかった。光子が癌《がん》で入退院を繰り返していた頃なので、夏生の中でこれ以上の揉《も》め事を避けたいという思いもあったのかもしれない。

幼馴染みという気安さもあってか、これまでは色々と智明に打ち明けていた夏生が、身に起こる様々なこと、それに対する思いを口に出さず、内側に何か呑みこんだような独特の秘密めいた雰囲気をまとうようになったのも、ちょうどあの頃だった。

十六の歳の事故から、二十歳《はたち》を超えるか超えないかのわずかな間に、ひとりの青年が受けとめるには過酷なことが重なりすぎたのかもしれない。智明だって、夏生の身に起こったことをひとりですべて受けとめられるかというと、やはり厳しい。自分の中で何かを麻痺《まひ》させなければ、やっていけないように思う。

もともと夏生は鼻筋の通った涼しげな容貌《ようぼう》を持っているが、あの頃は整った顔立ちに浮かべた笑みの奥に胸の内をすべて押し隠し、すぐ側《そば》にいた智明にもほとんど本音を洩《も》らさないようになってしまっていた。もう、夏生の中でもうまく処理しきれなくなっていたのかもしれない。

大丈夫かと尋ねても、大丈夫やとしか返らなかったことがもどかしかった。夏生が表面上は笑顔を見せても、それが自分を守るための殻に見えることもあった。それは今でもそうだ。愛想のいい顔はよく見せる。だが、本心はめったに見せない。

結局、父に次いで母も若くして見送ったあと、夏生は父と昔からつきあいのあった堺の庖丁職人のもとに弟子入りすると言って、堺に移ってしまった。

『佐用』については諦《あきら》めたが、子供の頃から馴染んだ刃物の世界、刃物を商うことには未練があったのだろうか。あの頃の夏生の複雑な心境については、詳しいことがわからない。はっきりと聞いたわけではないが、当時の就職状況は今よりも非常に厳しかったので、就職時に左脚のことについて面と向かって指摘され、嫌な思いもしたようだ。素直でやわらかかった夏生が、どんどんと大人びた冷めた表情になってゆくのを、歯痒《はがゆ》い思いで見守ることしか出来なかったのが、今でも悔やまれる。

二年前に夏生はこちらに戻ってきて、自分の名字でもある『柳井』の名で小さな刃物専門店を始めた。料理用品に特化した『佐用』とは異なり、料理庖丁も扱うが、アウトドア系や趣味の刃物も扱う、どちらかというと若い男性にターゲットを据えた店だ。

ただ、それが自分達への当てつけであると、夏生の叔父の方で反発があったのも確かだった。こじれにこじれた内部事情は、当人らにしかわからないしがらみがある。

それに加えて、夏生の場合は今も本人を悩ませる、あの脚だ。

事故は秀勝の倒れる、さらに一年ほど前の夏の日に起きた。当時の夏生は高校一年だった。空梅雨《からつゆ》の年で、六月も末だというのにあの日もバスではなく、自転車通学だった。

あの日が雨で、二人して長雨にブツブツ言いながらバスに乗っていれば、夏生は事故には巻き込まれず、まだ自分達の生き方は変わっていただろうかと智明は目を伏せる。

毎朝、一緒に学校に通うこと、智明にとってはそれが小学校の頃からの当然の日課で、智明が小学校卒業後、夏生が同じ私立の男子校に入るまでの二年間を除いてはいつも一緒だった。

夏生の母親に一人っ子の夏生の面倒を見てくれと頼まれていたし、夏生の母親の頼みがなくとも、毎朝、当たり前のように夏生を誘いに行っていた。

智明自身も歳の離れたドライな兄よりも、二つ下の自分によく懐《なつ》いた夏生の方が可愛《かわい》く、身近だった。互いの家族や家事情、日常の細々《こまごま》とした出来事まで、何もかもをよく知った幼馴染みは血の通う半身にも近く、昔から同級生達よりも込み入った話をしていたし、ずっと大事な存在だった。

あの事故以来、夏生が自転車に乗る姿を見るたび、胸の奥が痛いような苦しさを覚える。

だが、夏生が足を引きずる煩わしさを嫌って、移動に自転車を使う気持ちは痛いほどにわかるし、やめろとも言えない。

——靴がなぁ、みっともない形にすれて傷むし、底も爪先《つまさき》ばっかりこすれて減るんや。ええ靴履かれへん。

芯《しん》が強くて、昔から泣き言などほとんど言わない夏生が、整った顔を歪《ゆが》めて低く呟いたのを今も忘れられない。泣きはしなかったが、あの時の夏生は泣いているようにも見えた。

靴が傷むと言ったが、本当に痛んでいたのは足を引きずる姿を人に見られることを嫌う夏生の心だろう。普段は弱音らしい弱音も吐かないから、それっぽい言葉を聞いたのはあの時限りかもしれない。

今も夏生はよほどのことがない限り、高価な靴はほとんど履かない。着るものや身のまわりのものにこだわりがあるくせに、足許《あしもと》はたいてい安価なスニーカーか、桐下駄《きりげた》だった。

特に休みの日にそこらを出歩く時には、下駄を引っかけていることが多い。下駄なら、底が減れば台を替えればいいのだという。幸いにして京都《ここ》は下駄や草履《ぞうり》を扱う履物専門店が多い。新しい靴を買うより、よほど安く替えられると聞いたのも夏生からだった。

洗いざらしのデニムとシャツに下駄を無造作に引っかけて歩く姿が様になるのも夏生だが、そんな夏生の存在はいつも智明の胸の奥深い部分を刺してくる。

「智明、急がないとそろそろ医院の方に皆さん、お見えになる頃よ」

声をかけられ、智明はしばらく手を止めていた自分に気づく。

「ああ、ほんまやね」

「ほんまって、もう…。あんたの支度が早かったのは、高校の頃までだけやねぇ」

事故のために自転車で通えなくなった夏生の車椅子を押し、夏生が車椅子が不要となったあとも、一緒にバスで通っていた高校時代かと智明は薄く笑う。

「そやな、仕事場が家と繋《つな》がってると、人間、怠け者《もん》になってあかんね」

「呑気《のんき》なことを、まぁ…」

急かす《せ》母親にはいはいと返しながら、智明は髭を剃るために洗面所へと向かった。

III

如月《きさらぎ》とも呼ばれる二月の上旬、すっかり日も落ちた時刻に、『柳井』の店内ではバックヤードばかりでなく、カウンターの内側にまで小ぶりな段ボールや運送会社のロゴの入った紙袋を並べ、夏生と宗近が慌《あわ》ただしく荷造りをしていた。

夏生が伝票と納品書、商品をチェックしてサイズの合う包装資材に入れ、宗近はそれをクッションとなるエアキャップで包んでガムテープで封をしてゆく。

すっかり日も落ちた頃、寒さと日暮れの早さのせいか、客足はすでに四時前から途絶えているが、逆にＨＰからの通販の注文が最近では急速に伸びているため、この集荷前の時間は特に慌ただしい。

「宗《むね》ちゃん、あと五つな」

手許に目を落とした夏生は顔を上げずに宗近に声をかける。

「俺、明日も来ましょうか？」

慣れた手つきで切り分けたエアキャップを巻きながら、宗近は尋ねてきた。

「いや、それは悪いし」

「でも、明日も数多いですよね。なんか、この間、女性誌に紹介されてから、急に注文増えたから」

「ああ、女の人は買い物好《もん》きやしな」

先月の二十日過ぎにさる婦人向け雑誌に紹介されてから、オンライン用の在庫は非常に品薄となっている。分厚くて高価な高級志向の婦人誌だが、一定の熱心な購買層がいるらしい。

こと、『書斎に備えておきたい逸品、京刃物』などと銘打って、庖丁と共に紹介されたはさみとペーパーナイフは、商品を追加しても売り切れ、さらに次の再入荷を問い合わせるメールが何通も送られてくる。

「庖丁もはさみもペーパーナイフも、安い商品やないと思うねんけど。まだまだ不景気かと思てたけど、それなりに景気はようなってんのかもしれへんなぁ。それとも、ちゃんと持ってはる人は持ってはるってことやろか」

夏生は喋《しゃべ》りながらも手を動かし、ペーパーナイフとはさみのセットをひとまとめに袋に入れてゆく。

どちらも柄《え》はローズウッドで、細い繊細な刃の付け根には小さく――ＹＡＮＡＩ《ヤナイ》――と刻印されている。もともとは店にやってくる趣味人らのために用意したものだ。

葉巻用のシガーカッターは体裁のいいのがないから、もっと卓上に置いていても見場のいいウッド系のシガーカッターを作れと言いだした馴染み客がいた。しかし、一応試作を兼ねて作ってみたものの、シガーカッターなどたいして需要がない。

ならばセットで買いたくなるように、何か粋《いき》な文具品を作ってみようと用意したのが、柄に同じローズウッドを用いたはさみとペーパーナイフだった。

はさみは一般的な左右対称のものではなく、長時間職人が使う裁《た》ちばさみや理容ばさみを意識し、左右非対称のぴったりと手に沿うデザインに作ってみた。なので右利き用と左利き用との両方がある。けれども、素材とデザインのいい分、値段もそれなりにする。ペーパーナイフとはさみの両方を揃《そろ》えて買うと、三万円を超える。

それでも土地柄、珍し物好き、ハイカラ好きの文人も多いので、店頭に並べた時から売れ行きは悪くなかった。

だが、どちらも『柳井』としてはメイン商品ではない。なのに、はさみもペーパーナイフも今回取材に来たライターの目に留まり、かなり大きくページを割《さ》いて紹介された。

「でも、ものはええですし、値段なりの価値はあると思いますけど」

「そらな、大事に手入れしながら使えば、親子二代、三代とは使えるやろけど。世の中、裁ちばさみで平気で針金切るような人間もいるから、なんとも…。まぁ、そのおかげではさみも売れるんかもしれへんしな」

夏生は宗近を手伝い、残っていた紙袋すべてに封をした。

「バレンタイン過ぎたら、これももう少し落ち着くやろ」

セットで購入されるのは、どうもバレンタイン用の贈り物にするためらしいと、問い合わせメールを見ていて気づいた。プレゼント用のラッピング依頼も急増している。

「でも、昼間に店に来はるお客さんも多いですよね？」

「まぁなぁ。冬場は郊外のお寺さん巡る人よりも、街中観光する人の方が多いんかな？　外、寒いしなぁ」

とりあえず今日発送の荷物をすべて用意したこともあり、夏生は休憩でもしようかとバックヤードで手を洗い、湯を沸かす。

「宗ちゃん、ごめん、遅なった。六時まわったなぁ」

今から堺まで帰れば、また八時を過ぎるではないかと夏生は時計を見て詫《わ》びる。本来なら、五時の定時で解放してやる予定だったのに、荷物の発送準備を間に合わせるのに精一杯で、時間のことなど頭から飛んでいた。

「いえ、これの用意終わるまではいるつもりでしたし」

大柄な男はバックヤードに重ねたパレットを入り口近くへと運びながら応える。

「それで、明日も来るつもりですけどええですよね？」

低い声で言いつのられ、夏生は宗近を振り返る。男にしてはやさしめの言いまわしを用いると言われる京男の夏生よりも、宗近の言葉は職人肌で飾りがなく、物言いも単刀直入だった。アクセントもかなり強めの大阪弁の宗近の言葉は、たまにずいぶんきつく聞こえる。

それに加えて、顔立ちや立ち姿を含め、全体的にいつも刀で削いだような輪郭の男だ。不機嫌なのかと思う時もある。

「遠いし、明日もて、しんどいやろ？」

「そら、遠いです」

「あー…、堪忍《かんにん》な」

夏生はあえて古典的な言いまわしで、怒りをやんわりなだめにかかる。

「やっぱり、通いはキツい？」

キツいのは百も承知だ。往復で三時間以上かかる職場など夏生ならごめんだし、事実、宗義のもとに弟子入りしていた時には堺で部屋を借りて住んでいた。

「そうですね」

やはりストレートな宗近の言いように、マグカップにインスタントのコーヒーを入れかけていた夏生は次はどう言葉を継ごうかと迷った。これはやはり、とりあえずバレンタインまでの繁忙期は通うが、そろそろこれまでのようなヘルプはやめたいという前振りなのだろうか。

もともと店の手伝いは、宗義や宗近の好意に甘えたものだったたし、ずいぶん助かっていた。しかし、自分でも通いたくないと思う距離を、通って来てくれというのも無理な話だ。

「せやから、こっちに越してきたいなと思ってるんですけど」

パレットを運び終えた宗近は、バックヤードに足を踏み入れながら宣言する。

へ、と夏生は宗近をまじまじと見上げるが、夏生と同じように黒いエプロンを身につけた男は表情一つ変えない。

「越すって、実家はどうすんの？　師匠の手伝いは放《ほ》ってくるつもりか？」

そんなことをされたら、宗義にも合わせる顔がないと夏生は慌てた。

いくら宗義に息子は二人いて、長男の方は所帯を持ちながら仕事場を手伝っているとはいえ、次男が勝手に仕事を放って京都に移るとなれば、そう簡単に話はすまなくなってくる。いったいお前の本業は何だと、怒り出す宗義が目に見えるようだ。

「いや、親父《おやじ》にはまだまだ習わなあかんことありますし」

「そら、そやわなぁ」

夏生は安堵《あんど》の息をつく。

「びっくりするわ、頼むわ、もう」

驚かすな、と夏生はカップにお湯を注ぎ、宗近にコーヒーを差し出す。ついでに休憩用のスツールを引き出し、宗近にも勧めた。

「まぁ、とりあえず明日はええよ。むしろ、ちゃんと休みの日は休んで。そうやないと、師匠にも合わす顔ないし」

「でも、明日も発送あるやないですか」

「大丈夫やて、ここに口利かせてくれた不動産屋の友達もいるし、明日の午後は休みの友達もいるしで…、ほら、前にここに顔覗かせた智ちゃんていたやろ？　どっちも長いつきあいやし、頼めばなんなと手伝ってくれるわ」

宗近はしばらく押し黙ったが、やがて、わかりましたと頷いた。代わりに自分のボディバッグを引き寄せると、中から包みを取り出す。

「夏生さん、これ」

「何？」

半透明のビニールの中には、平たい箱が入っている。薄茶色のクラフト紙で包装されたその箱には、焦げ茶色のリボンがかけられていた。

「よかったら、開けてみてください」

「俺に？　何か、ええもんでも入ってんの？」

「バレンタインには少し早いですけど、プレゼントです」

夏生の軽口に対しても、臆面もなくというよりも、むしろ、顔色一つ変えずに言い放たれ、夏生はまじまじとその顔を見つめ返す。

「バレンタイン？　俺に？」

「ええ、こういうのどうかなと思《おも》て」

『柳井《ここ》』へ来てから習い覚えたせいか、もともと刃物も器用に扱う宗近の性分なのか、クラフト紙の包装は宗近の見た目以上にきっちりと丁寧に包装されていた。やや素っ気ないような焦げ茶のリボンも、宗近らしいといえば宗近らしい。

そのシンプルな包装の中から出てきた箱には、波形のボール紙を一部加工し、ステンレスを打ち出したらしきスプーンが五本ほど、きれいに並べられている。サイズ的にはティースプーンとデザートスプーンのちょうど中間ぐらいだろうか、ほどよい楕円型のスプーンの柄は四角く、シンプルなフォルムが美しい。

手作業でひとつずつ打ち出してあるだけに、少しずつフォルムが違うのが、また味となっている。

「へぇ、すごいええ感じ。宗ちゃんが作ったん？」

「ええ、俺です」

「形も大きさも絶妙やね。これ、ステンの打ち出しやろ？　宗ちゃんの作ってる庖丁のシャープさとは違うっていうか、…でも、シンプルなようでバランスのいいところは根本が一緒なんかな。へぇ…、こんなん作れるって思えへんかった」

矯《た》めつ眇《すが》めつしてスプーンを眺める夏生に、さすがに宗近も照れたようだった。

「親父に知られたら、ぶっ飛ばされますけど」

「まぁなぁ…、邪道やいうて、怒らはるかもなぁ。でも、これ、作るのに相当、手間かかってるやろ？」

あっさりしているようで、絶妙なバランスの造りだ。一朝一夕で思い立って出来るものではないというのはわかる。おそらく、何度となく試行錯誤して作り直し、この形と大きさ、デザインが出来上がっている。角度や大きさが少しでも違えば、この美しさは出ない。

「ええ、まぁ」

宗義と同じで、作り上げるのにどれだけ苦労したかをけして口にしないところは、やはり親子だと思う。

「これ、もろてええの？」

「夏生さんにと思《おも》て。前にここのスプーン、そのうち買い直すて言うてはったでしょ？」

「ああ、百均のやし？　デザインも今ひとつやしなぁ」

開店当初は、カウンターの無垢板などに予想外にコストがかかって、店の顔となる表部分はとにかく、バックヤードの備品などはありあわせや、それこそ不動産屋に働いている友人の口利きのお下がり、智明の好意で譲られたものなどで間に合わせている。これで店が軌道に乗らなければどうしようかと、あの頃は真剣に頭を抱えて電卓を叩いたぐらいだった。

スプーンは百均の中でもっともデザインのましなシンプルなものを選んではいるが、たまに夏生がネットのセレクトショップでカトラリーを眺めながら、いいなぁ…、などとぼやいているのを聞いていたからだろう。

そして、たいていセレクトショップで紹介されるようなデザイン性の高いカトラリーは、一本が何千円という値段がついている。なので、今も買い替えには至っていない。

「いや、別にねだってたわけ違うで、物欲しそうに聞こえたらごめんな」

ごめん、そんなつもりではなかったと詫びる夏生に、宗近は苦笑する。

「わかってます、ただ、俺がこういうのやったら使《つこ》てもらえるかなって思《おも》ただけです」

マグカップや文房具といった店で使う什器類《じゅうきるい》は目立つものから少しずつ買い換えてはいるが、さほど不便も感じない分、スプーンは後回しになっていた。

「ありがとう、俺、こういうデザイン好きやし、これやったらお客さんにも勧められるわ」

店に品物としても並べられると言う夏生に、宗近はいえ、と首を横に振った。

「これもかなりコソコソ、親父の目ぇ盗んで作りましたし、これ以上、鍛冶場《かじば》でこんなん作ったら、それこそ親父に殴られかねへんので」

宗義は玉鋼《たまはがね》だけを用いて、日本刀を作刀するのと同じ焼き入れ技術を用いて作る、本焼き庖丁の数少ない名職人だ。常々、仕事場となる鍛冶場は神聖な場所だと言い、注連縄《しめなわ》を張ったその鍛冶場で、毎朝、榊を飾った神棚に米と塩、水を供えて手を合わせる職人気質の宗義のことだ。宗近の言葉も洒落ではないとわかる。

そして、実際に鍛冶場で火と向き合う時の宗義は、この百八十五センチを超える体格のいい宗近ですら完全に圧倒するほど、凄まじい気合いを持っている。

「わかった、大事に使わせてもらう」

言いかけた夏生は、ちらりと時計を見る。

「宗ちゃん、もう遅いし、晩ご飯食べてくか？　奢《おご》るし」

「いえ、今日はもう帰ります。あと、集荷だけですよね？」

「そやな、一応、それで今日は終わりかな」

まだＨＰの注文のとりまとめや売り上げの集計などはあるが、それは夏生の仕事だ。すでに遅くまで宗近を引き留めてしまっている。

「じゃあ、このバレンタイン商戦が終わったら、打ち上げな。それなりにええとこのご飯、奢らしてもらうし」

「いえ、それはええんですけど」

宗近は口許《くちもと》を小さくほころばせたようだった。ただ、あまり大きく表情が動く方ではないので、わかりにくい。表情が動かず、ダイレクトな言葉が来るから、宗近の言動にはたまに驚かされるのだろう。基本的には師匠と同じく、温かい人間だと思っている。

宗近は立ち上がると、大きな手で飲み終えた自分のカップをさっさと洗ってしまう。他人の動きに無頓着なようだが、立ち上がり際に夏生のカップをちらりと覗いたところを見ると、ちゃんと配慮があることはわかる。

しかし…、と夏生は思った。

「すみません、今日はこれで失礼します」

宗近は提げてきたボディバッグをとると、肩にかけた。

「ああ、ありがとう。お疲れさん」

夏生が手を上げると、宗近はバックヤードから出ていき際に、きつく見える切れ長の目を軽く眇《すが》めて振り返った。

「こちらこそ、妙なもん渡して、すんませんでした。失礼します」

太く低い声を残し、宗近は出てゆく。

「すみませーん、ちょっと遅なりまして。荷物の方、もう出来上がってますやろかぁ？」

明るい声を上げ、台車を押した配達員が店の入り口で顔を覗かせる。ちょうど宗近と入れ違いとなるようだった。

「あ、出来てます。どうぞ入ってください」

宗近の声が応じている。

「どうもすんません、失礼します」

ガタガタとパレットを動かす音に、夏生は立ち上がった。

「おおきに、お願いします」

体格のいい宗近が、もう長暖簾の向こうに消えていることに少しほっとする。配達員が手際よく、荷物のバーコードを読み取ってゆくのを手伝い、なんとか発送に間に合うように回収してもらった。

明日は明日でまた発送に追われるだろうと、夏生は配達員の置いていった発送控えを手にバックヤードに戻り、経理処理のためのファイルに収める。

無意識のうちに、小さく溜息《ためいき》をついていた。

さしててらいもなく、妙な物を渡して悪いとは言われたが、さすがに夏生もバレンタインだとあえて断られた意味は薄々わかってはいる。だからこそ、今日の夕飯で奢って返してしまいたかったが、微妙に宗近にはそれをかわされた気がする。

無骨で強面タイプとはいえ、異性にもてないわけでもないだろうに、むしろ、ああいうタイプは夏生よりも女性受けすることが多いぐらいなのに、さて、どうしたものかと、夏生はプレゼントの包みを手にしばらく悩んだ。

結局、意図的にそれ以上は考えないようにして、夏生は渡されたスプーンを流しで洗い、これまでのスプーンに替えて置く。

あとは注文メールの確認と、明日の伝票の用意などとやることは山ほどある。宗近が明日も来てくれると言っていたが、甘えっぱなしもよくないだろう。出来るだけのことは、自分ですませておこうと、あえて自分の中に生まれた不穏な予感、胸の内のざわつきには気づかない振りで、夏生は細々とした作業を続ける。

短いメールが入ったのは、八時前だった。

『なっちゃん、もうご飯食べたか？』

智明からだった。

時計を確認した夏生は、まだだと返す。この時間だと、智明は仕事が終わってすぐにメールを送ってきたのだろう。医院の受付は七時までだが、骨折患者や傷の縫合などで時間が押すと診察の終わりが八時前後となることはよくあるようだ。

『今晩、エビフライらしい。食べていったら？』

ありがたい申し出に、夏生はお言葉に甘えて、とだけ返す。揚げ物など自分ではしないので、和子の手料理が食べられるのはありがたい。

残りは家で片付けようと、パソコンやエアコンの電源を切って、帰宅準備をする。しまい損ねていた暖簾を店の中に引っ込め、夏生は自転車に跨って家へと向かった。


夏生が綾部家に着くと、まさに和子がエビフライを揚げ終えたところだった。

「なっちゃん、ちょうどよかった。今、揚がったとこよ。私は先にいただいたから、お風呂入らしてもらうけど、ゆっくりしてってね」

和子はにこやかに夏生を迎え入れ、温かいお茶を出してくれる。夜の早い和子は、風呂に入って九時過ぎには寝るのが日課だ。

「遅うにすみません、いただきます」

「ええの、ええの、お仕事忙しいのはええことやわ。寒いし、風邪だけ気ぃつけてねぇ」

ほな、おやすみなさい、と和子は食堂を出てゆく。

「エビフライなんて、ラッキーやったわ。おばさん、揚げもん上手いし」

夏生の分までご飯をよそってくれる智明に、夏生は声をかける。

「今、忙しいんやろ？　今日も遅《おそ》まで頑張ってるんちゃうかって、気ぃ揉んでなぁ。でも、ある意味、うちのお母さんにも張り合いになってるんやて。二人分の食事作るより、三人分作る方が楽しいみたいや」

気のいい智明は、夏生の前に座りながらおおらかに笑う。

「ごめん、智ちゃん、明日やねんけどその件でな、明日、ヘルプ頼めへんやろか？」

明日の木曜、午後の診察が休みの智明に、発送の手伝いを頼めないかと申し出てみる。

「ええよ、予定ないし…っていうか、なくなったんやわ」

つけ合わせのキャベツの千切りに箸を伸ばしながら、夏生と向かい合わせで食事をとる智明は笑った。

「あ、ごめん、何かあった？」

たまに学会や、もといた職場の京大病院に顔を出している関係で、何か仕事だったのかと夏生は詫びる。

「ああ、大学の時の弓道のコーチに、中学生に教えんの手伝ってくれへんかって言われてんねけど、明日、出張入ったから、来週にしてくれて言われてんわ」

「へぇ、そんな話あったんや、ええね」

夏生は微笑む。

おおらかな性格で高校の弓道部でも副主将を務めていた智明は、五月の高校総体《インターハイ》の弓道競技大会の京都総体で個人部門の一位を決めていた。続く六月の近畿大会の府予選でも上位入賞をはたして、近畿大会への出場を決めるだろうと言われていた。

しかし、団体の部の出場選手にも選ばれ、個人部門はもちろん、団体部門でも近畿代表までの道は確実とまで言われていた智明は、夏生の事故後、成績がふるわず予選落ちした。

それには少なからず、当時、目の前で見た夏生の悲惨な事故が関係していただろうと夏生は今も思っている。それほどに、弓道は技術以上の精神的な安定が要求されるし、普段の智明の実力なら、予選落ちなど到底考えられなかった。

あとで他の弓道部のメンバーに聞いた話だが、先輩に足を引っ張ったと責められた智明は、予選後に深く頭を下げて詫びたという。

結局、インハイ予選後、智明は弓道部を辞めた。智明はけしてそうだとは言わなかったが、それが車椅子で通学するはめになった夏生の帰宅に合わせるためだということは、十分にわかっていた。

そのあたりの事情を汲む高等部のコーチからは休部にしておくと慰留されたと聞いているが、夏生が弓道部に戻れないとわかっていたからだろう。智明は、予選時の惨憺《さんたん》たる成績を挙げて、結局、高校在学中は弓道部に戻らなかった。

再び智明が弓道を始めたのは、大学に入ってからだった。多分、智明につられてはじめた夏生とは異なり、心底、好きで弓を引いているのだろう。

だからこそ、あの時、智明が弓道を再び始めてくれたことは嬉しかったし、実際、智明が弓を引く姿を見るのは、自分が弓を引けなくなっても好きだった。

「まぁ、とりあえず、明日は手伝いに行けるで」

「助かるわ、お礼するし」

「やったら、俺、日曜暇やから、飯でも奢ってもらおうかな」

智明は目を細める。

「あ、それはもちろん」

「予約取れるとええなぁ」

しれっと言われて、夏生は食堂の壁に掛かったカレンダーを見る。

「あ、バレンタイン？」

「そや、クリスマスほどやないけど、今年は日曜やしなぁ」

「混んでるかな？　混んでるやろなぁ」

夏生は眉を寄せる。そこまで気取った店でなければ普通には入れるかもしれないが、さて…、と店の算段をしていると、智明はニッと笑う。

「嘘、もう店の予約入れたんねん。外はバレンタインやいうのに、予定ないと寂しいやろ？」

「俺にあるかもしれへんとか思わへんの？」

「あんの？」

智明はニコニコと笑っている。あまりに嫌味なく笑われ、夏生も苦笑した。

「ありません、見栄張ってすみません。どこなと行かせてもらいます。ついでにお支払いもさせてもらいます」

「支払いはええで。もともと奢るつもりやったし、サプライズのつもりやってんけど」

智明の軽口に、日曜の待ち合わせは予約を入れたイタリアンの店に直接七時に行くと決める。心尽くしの夕飯は美味しいし、智明との食事はひとりでする味気ない食事とは違って楽しかったが、夏生は結局、宗近に渡されたスプーンのことは言いそびれた。

食後、ご馳走になったあとのせめてもの礼儀だと、智明と共に食器を洗い上げ、食器棚に使った食器を戻して、暖かな食堂を出た。

しかし、来た時には意識しなかったが、食堂を出て玄関に向かうと、空調のないしんと冷えた空間に急に足が冷えて重くなる。

一瞬、痛みに顔をしかめた夏生を目敏《めざと》く見ていたらしい。智明が声をかけてくる。

「なっちゃん、足、大丈夫か?」

「ああ、大丈夫。帰ったらすぐに風呂入るし」

これは嘘《うそ》だ。仕事は押しているし、ここのところ、気がつくと事務作業の途中でこたつでひっくり返って寝ているような状況だ。気がつけば朝で、慌ててシャワーを浴びて、食事もそこそこに家を出るような不健全な生活が続いている。

昔は母親がだらしないと嫌ってこたつを置くのを嫌がったが、古い家だから冷えて仕方がないとぼやいたところ、こたつは温まるし、光熱費がかからなくていいとテナントを紹介してくれた友人に勧められた。安いこたつを買ってきて置いたのが、少し前の一月の下旬だ。

確かに足の冷えるのもずいぶんましだし、水場のある一階で作業も出来る。疲れたらそのまま横になることも出来ていいと最初は思った。しかし、こたつを置いて作業していると言った時、普段は温和な智明には珍しく、こたつはええけど、絶対にそこで寝たらあかんよと釘を刺された。

こたつでうたた寝など、低温火傷《やけど》の可能性もあるし、脱水症を起こすこともある、風邪の原因にもなるし、百害あって一利なしだと医者の顔で言われたが、確かに今になってそのまま朝まで寝入った日には、疲れが取れていないと気づいた。

ただ、やはり足を温められているためか、疲れていると二階に上がるのが面倒で、そのままずるずると寝てしまうことも多い。

ふいに大きな温かい手で手をつかまれ、引っ張られる。

「ちょっと、おいで」

大きな手の予想外の温かさに慌て、夏生は暗い廊下へと自分を引っ張ってゆく男を見上げた。

「何？」

「それ、冷えたままにしといたらあかんで」

智明は今はもう見かけないレトロな丸い陶製のスイッチをポンと押し下げ、医院への渡り廊下の灯《あか》りをつける。

渡り廊下から見える中庭には、灯りを受けて昔から置かれている白大理石のマリア像がふわりとやさしく浮かび上がる。夏生にとって昔からこの綾部医院の印象として持っているマリア像は、この医院が建てられた時、智明の祖父がお祝いにと設計事務所から贈られたものだと聞いている。五月になると清楚《せいそ》なピンクの花をいくつも咲かせる、マリア像のかたわらのバラの植え込みは、今はすっかり葉を落として寂しい姿だった。

この中庭を見るのは久しぶりだと思いながら、夏生は智明の手の温かさがあまりに心地よくて、手を取られたままで厚い色ガラスの嵌《は》められたドアをくぐる。

こうして智明に手を引かれて歩くことも、思えば長くなかった。最後に手を引いて歩いてもらったのは、高校時代、車椅子からようやく解放された頃だっただろうか。

すでに灯りの落ちた古い医院の中、緑の非常灯だけがぼうっと浮かび上がっている。その中を、智明はまるで自分の部屋のように動き、パチ…と廊下のスイッチを入れた。

さらに智明の手が動き、暗い医院の中を明るくしてゆくのを、夏生はまるで魔法でも見るように眺める。

そして、高校時代、弓道部の部室でこうして智明の手が部屋のスイッチを入れてゆくのを眺めたことを思い出した。

あれはゴールデンウィークが終わってすぐのことだったろうか。智明のきれいに筋肉の乗った腕が白の半袖《はんそで》の上着から見えたから、五月も半ば過ぎぐらいだったろう。

今頃、そんな記憶が蘇るのは、さっき弓道の話が出たせいだろうか。始まりはいつの頃だったかと、夏生はさらに記憶を巡らせる。

――なっちゃん、俺、弓道やってみよかと思てんねん。

まだ夏生が小学生だった時、中等部に入って間もない智明が、この綾部家の前で紺の詰め襟《えり》をまとって笑ったことは今も覚えている。

――広い弓道場でな、うまい先輩の矢がまっすぐ的《まと》に飛んでいくのが見てて気持ちいいねん。そこだけすぱっと、道が開けたみたいに見える。

――面白い？

――うん、今日、ちょっとやらしてもろたけど、すごい楽しかった。

全然、的には当たらへんかったけど、と智明は白い歯を見せて笑った。当たらなくても、弓を引いている時の気持ちが前に向かって一点に絞られてゆく感覚がいいのだという。

――なっちゃんもうちの学校入ったら、やってみ。あの的に向かって、まっすぐに矢が飛んだら、どんだけ気分ええやろと思うで。

あまりに智明が楽しげに語るので、そして、制服の肩に弓袋を担《かつ》いだ智明の姿があまりに様になっていたので、智明にならって自分も中学から弓道部に入った。

中高と同じ弓道場を使うため、放課後も一緒に練習をしていた。智明が高等部に上がっても、クラブ活動中は常にその姿が視界にあった。

白の筒袖に紺の袴《はかま》で弓を構える智明は、表情が見えない場所にいても、立ち姿、その動きに目が勝手に吸い寄せられて智明だとわかる。

智明はその気性通り、いつもおおらかで流れるような動きを見せた。普段はのんびりした性格なのに、所作は一本筋が通ったように美しい。その姿に視線を搦《から》め捕《と》られたが最後、矢を放ち終えて構えを解くまで視線が離せない。何度となく同じ弓道場で見ているのに、見るたびにつり込まれ、しばしば時間を忘れる。

綾部は成績もさることながら、何より飛び抜けて優れているのは、清々《すがすが》しいほどの所作だとコーチに言わしめたほどだ。

綾部《あいつ》はぶれへん、ほんまにいつも飄々《ひょうひょう》と迷いも欲もなく弓を引く、それが当たる、見てる自分《こっち》が恥ずかしくなるほどだと、コーチは苦笑していた。当たる、当たらないの些末《さまつ》にこだわらないほどに腹が据わっているのか、それだけ器が大きいのか、何だあいつは…、と二回り以上歳の違うコーチがぼやくほどだから、やはり智明は傑出していたのだろう。

そんな智明に憧《あこが》れ、誘われるままに弓道部に入った夏生だったが、とても智明のようには射れなかった。試合成績は悪い方ではなかったが、的を前にするといつも欲が出た。もっと、もっとと思うと、結局は最後にその欲が焦《あせ》りとなって足を引っ張ったように思う。

智明が言うように弓が引けたら、世界は今と何か違っただろうか。曇りも何もない、きれいな目で世の中を見られただろうか。それとも、所詮、凡人な自分には無理な話だろうか。

夏生がかすかに笑ったことに気づいたらしく、古い木造校舎の保健室のような懐しい雰囲気の診察室でエアコンのスイッチを入れた智明は、診察室の隅にかけていた白衣をまといながら振り返る。

「何？」

「いや、ちょっと思い出し笑い」

「なんや、やらしいな」

智明は言葉ほどの揶揄《やゆ》のない、からかうような調子で言うと、使い込まれて味のある診察台の上にたたまれていた毛布をポンと投げてくる。ふわふわと智明のやさしさを思わせるような、淡いみかん色の毛足の長い毛布は、黒い昔ながらの固い診察台の雰囲気をやわらげる。

「部屋が暖まるまで、少しそこに座っとき」

そう言うと、診察室の端の流しに行って、白衣ごとシャツの袖をまくり、大きめのクリーム色のプラスチックのバケツにお湯を張る。そして、そこに棚から何か薬剤を計量スプーンでざっくりと量り入れた。

「何か薬？」

「うん、硫酸《りゅうさん》マグネシウムな。それに重曹とクエン酸を混ぜたもの。ようするに入浴剤みたいなもん。硫酸マグネシウムは、最近、デトックス効果があるとかで流行りはじめてるらしいけど」

知らん？……、と智明は夏生を振り返る。

「デトックスなぁ…、女の人が好きそうやね。硫酸マグネシウムとかって、入浴剤でよく見かけるけど、それと重曹やらクエン酸やら合わせると発泡する？」

夏生は遠い学生時代に習った化学の知識を頭でなぞる。

「そうそう、ほら」

智明はバケツを運んできて、夏生の足許に置いてみせる。確かに湯気の立ったバケツの中は、シュワシュワと細かな泡が立っていた。

「なっちゃん、悪いけどデニム脱いで、その毛布腰に巻いてくれる？　靴下も脱いで。足浴するから」

智明は卵色のカーテンを引きながら、自分はそのカーテンの向こう側から声をかけてくる。

「下着はつけたままでええからね」

「いや、さすがにここでパンツまで脱ぐ気はないけど…」

半ばぼやきに近い夏生の声を耳敏《みみざと》く聞きつけたらしく、再び棚に何か取りにいっているらしき智明はおかしそうに笑った。

「ごめん、クセやねん。患者さんにちゃんと声かけとかへんと、たまに全部脱ぐ人いるから」

「…智ちゃん、苦労してんねんな」

智明がこの医院を継ぐ前、それこそ京大附属病院に勤めていた頃から、これまでにも何度となく患者との笑い話や事件を聞いていた夏生は、思わず呟く。

「いや、世の中、色んな人いるしなぁ。俺の想像のはるか上いく人がたまにいるから、面白いと思うわ、ほんまに」

智明の言いようは、いつも無理がなく自然体だった。誰かを責めるわけではなく、それをある種の驚きとして楽しんでいるあたりが、いかにも智明らしい。

「なっちゃん、用意できたら声かけて」

「うん、もう大丈夫」

応えると、オッケー、とカーテンを向こうから開ける智明の足許で、ギッと床が鳴る。

時代物の洋館の床は智明が歩くたびに黒光りしてギィギィと鳴るが、丁寧に扱われているためか、柔らかさと清潔感がある。同様に夏生が腰を下ろした診察台も、すでに明日に備えてシーツが敷き替えられているらしく、パリッと糊《のり》の利いた白さがあった。

智明は数枚のタオルを診察台に置き、小ぶりのビニールシートとバスタオルをバケツの下に敷くと、夏生の足許に膝をついて、温度計と共に腕まくりした手をバケツにつける。

「温度はどうかな？　少しずつ、足つけてみて。片足ずつ、ゆっくりな」

促され、夏生はゆっくりと足先をつけてゆく。最初は冷えた足には熱すぎるように思えたお湯も、冷えた足を入れることによって少し冷めたのか、それとも足の方が慣れてきたのか、すぐにほっとするような温かさが足許をゆっくりと包む。

太腿《ふともも》の付け根近くから膝を通り、甲まで続く縫合跡の他に、膝から下には赤紫に近い色に変色した部位がある。引き攣《つ》ったような傷跡や、ケロイド状にも見える色素沈着部位は自分でも正視できるようなシロモノではなかったが、昔から見慣れているせいか、智明はすさまじい傷跡にも顔色ひとつ変えなかった。

「どう？　熱すぎへん？」

おだやかに尋ねられ、夏生はほっと息をつきながら頷く。

「うん、ちょうどいいかな」

「オッケー、少しこのまま温まろうか」

智明は温度計をチェックしながらバケツの空いた部分にタオルを掛け、湯温が下がらないようにする。一応、かかりつけ医として、これまでに何度となく診察してもらったが、こうして足浴をしてもらうのは初めてだった。

智明はこまめに温度計をチェックし、温度が下がってくるとやかんでお湯を足して一定温度を保つ。足湯に関しては、温度を一定に保つことが大事らしい。

「よし、いったん、足出してな。左足だけでええよ」

夏生の濡《ぬ》れた足の雫《しずく》をそっとタオルで拭《ぬぐ》いながら外に出すように促し、智明はタオルと共に持ってきた小ぶりな緑色のガラス瓶《びん》へと手を伸ばす。

「何、これ？」

蓋《ふた》を開けると、ふわりとあたりに柑橘系《かんきつけい》のさわやかな香りが漂う。

「マッサージオイル。けっこう、ええ匂《にお》いやろ？　受付の林《はやし》さんのお勧めで、アロマテラピーやってる林さんの友達にほとんど実費だけで分けてもらってる」

小学生の子供のいる三十代の女性だったろうかと、夏生はしばらく考える。基本的に綾部医院は既婚のベテランのスタッフばかりが揃っている。若い女性は腰掛けですぐに辞めてしまうから、という智明の父親の代からの方針だが、智明の父親が亡くなった時にはそのベテラン勢に心強いサポートをもらったと、智明は昔からのスタッフを大事にしている。

あとはリハビリを担当している理学療法士の三十代の男性もいるが、こちらも既婚者だ。

「マッサージなんかすんの？」

「ああ、リハビリの時にたまに。固まった筋肉ほぐすのにええからね。普段は看護師さんに任せてるけど、患者さんにマッサージの仕方を教える時とか、手が空いてる時とかに」

「それはまた…、なんか色々相手に期待されそうやね」

智明が女性患者などにマッサージすれば、それこそセクハラを通り越して、相手を舞い上がらせるのではないかと夏生が案じると、丁寧に拭った足を新しいタオルの上に揃えて置かせながら智明は笑った。

「女の人は、うちの看護師さんに任せてるよ。俺がやったら、セクハラやろ？」

「セクハラっていうか、勘違いする相手が増えそう」

それは本音だ。同じ学校にいた時から、部活上がりの智明と遭遇することを狙《ねら》って、学校の近所のお好み焼き屋には始終、他校の女の子が出没したぐらいだ。大学に行けば部や飲み会で引く手数多《あまた》だったし、附属病院に勤務中は何人もの患者から綾部先生がいいと指名があったという。

あいつはじいさん、ばあさんの長い話にも辛抱《しんぼう》強くつきあうから、女の子ばかりやなくてジジババにもモテモテやぞ、と呆《あき》れていたのは史治だ。

夏生もそこそこモテる方だが、智明の場合は無自覚のタラシレベルだ。下心なく、周囲の好意を集めてしまう。振られた相手も智明を悪くは言わないというから、おそらく夏生の知る限りは対人関係においては無双《むそう》だ。この点においては、幼馴染みながら呆れるやら感心するやらだ。

「まぁ、うち通ってくる人は、昔からのおじいちゃん、おばあちゃんが多いしな。セクハラされてんのは、俺かもしれへんわ」

おじいちゃんも、おばあちゃんもシモに関してはあっけらかんとしてる人多いからなー…、とのんびりした口調で言いながら、智明は手に取ったマッサージオイルをしばらく両手で温め、丹念に夏生の足に塗りつけた。

ほっこりと温まった足を、智明の大きな手がそっと包み込むように撫《な》でてゆく。オイルの力を借り、無理のない力で始まったマッサージに痛みはなく、自分でも意識していなかった足の凝《こ》りがほぐれてゆく。足の裏なども痛いと思うギリギリのところまで押し込まれ、足指一本一本まで丹念に広げられる。それだけで、肩や背中あたりもふっと軽くなってゆく気がする。いったい、この幼馴染みは、どうしてこんなコツを覚えたのかと思うほどに気持ちよかった。

「ここ、三陰交《さんいんこう》っていうツボな」

夏生も耳にしたことのあるツボの名前を挙げ、やはり痛みと紙一重の柔らかさで智明はそっとそのくるぶしから少し上のところを指圧する。

「三陰交のツボって、東洋医学？」

半ばうっとりと智明の手の動きに足を任せながら、夏生は尋ねる。

「うん、西洋医学やとトリガーポイントって呼んだりするんやけど。神経や血管の集まってる場所で、注射を打つことが多いかな。これがツボと重なることが多いねん」

智明はかつて小学生の夏生相手に矢を射る経験を語った時のように、楽しげに説明した。

「へぇ、東洋医学も捨てたもんちゃうね。陰《いん》の気や、陽《よう》の体質やいうて、漢方屋さんに説明された時には、胡散《うさん》臭ぁって思ったけど」

高価な漢方薬をメインに扱う薬局の怪しげな親父の話を思い出し、夏生はつぶやく。智明の大きな手の動きに身体を委《ゆだ》ねているのは、マッサージの気持ちよさもあって至福の時だった。つぶやく自分の声も、まるで寝入りばなのようにまったりしているのがわかる。

「東洋医学も、馬鹿にしたもんと違うと俺は思うよ。最近は前より研究も進んで、新しく鍼灸《しんきゅう》外来置いた大学病院もあるから。病院内で連携しながら、投薬治療の効果がない人に痛み止めとして鍼《はり》打つんやって」

「へぇ…」

自分の知らないうちに、医学はずいぶん予想もつかない方向へ進んでいるのだと夏生は感心する。だったら、癌の痛みに苦しんだ母親も楽にしてやれたのだろうか。

「うまい鍼灸の先生は、ヤブの外科医よりよっぽど効くって真顔で言う患者さんもいるし」

「そんなん言われて、黙ってんの？」

「まぁ、事実やし？　ヤブ医者は外科だけやなくて、内科でも歯科でも、どこの科にもいるからなぁ」

「えらい言いよう」

呆れる夏生に、智明は悪戯《いたずら》っぽい表情のまま、小さく肩をすくめてみせた。

「ヤブっていうか、向上心のない医者っていうんかな？　自分の仕事に興味のない人間っていうのは、別に医者に限った話やないしなぁ」

言い終えると、智明は再びマッサージした足を湯の中に戻し、逆にもう一方の足を出させて、やはり丹念なマッサージを施してくれる。

マッサージの終わった頃には、ズキズキと疼くようだった左足首の痛みはすっかりどこかに消えていた。それどころか、身体全体が温まって軽いような気がする。身体が軽くなってみると、寒さのせいか、仕事が立て込んでいたせいか、ずいぶんあちこち凝っていたのがわかる。

「…ありがとう、なんか、すごい楽になった。ごめん、これってなんぼ？」

時間外の智明にとっては何の得にもならないマッサージに、せめて治療費を払いたいと、夏生はカーテンの陰で再びデニムをはきながら申し出る。

「お代なんて、いらんて。薬出したわけでもなし、治療したわけでもなし、逆にお金なんてもらわれへんわ」

バケツの湯を流しながら、どういたしましてと智明は笑った。

「それより、なっちゃん。こたつでうたた寝したらあかんで」

まさに今から帰って、こたつに潜《もぐ》り込もうと思っていた夏生に、智明は捲《まく》り上げていた袖をおろしながらにっこり笑って釘を刺す。

「…なんで？」

どうしてそれを知っているのだと訝《いぶか》る夏生に、智明は喉奥《のどおく》で低く笑った。

「最近、なっちゃん、あんまり朝は顔色ようないっていうか、疲れたような顔してるからなぁ。どうせ、夜はこたつでそのまま寝てるんやろと思てた」

的を射た智明の言い分に、夏生は苦笑してしまう。

「ごめん、今日はちゃんと二階上がって寝る」

「仕事も忙しいやろけど、ほどほどで寝とき。朝起きてやった方が、効率も上がるよ」

「俺、あんまり朝は得意やないからなぁ」

起きれるやろか、と夏生は遠い目になる。

「俺も言うほど得意やないし。まぁ、無理はせんとき」

智明は濡れたタオルを使用済みの洗濯籠《かご》に入れ、診察室のエアコンを切る。

「今から寝たら、五時くらいに目ぇ覚めるかな？」

夏生の軽口に、智明は横顔で笑った。

「なっちゃん、こっちから出たら？」

こっちの方が夏生の家に近いからと、智明はわざわざ医院の玄関を開けてくれる。

「ありがとう、おやすみ」

「うん、気をつけて」

ほなね、と手を上げ、見送る智明に小さく手を振り、夏生は綾部医院の敷地を出る。

寒さで吐く息が白く曇る中、家の鍵を取り出そうと、ムートンジャケットのポケットに手を突っ込んだところで、少し先の路地から顔を出し、夏生の方を窺《うかが》い見る猫に気づいた。

黒ベースで、鼻先と胸許《むなもと》が白いハチワレの猫だった。

あまり見かけない顔だが…、と思いながら、夏生は小さくチッチッチッと舌打ちする。

ハチワレは黙ってジーッとこちらを見たあと、夏生の視線を避けるようにさっと通りを横切り、まさに今夏生が出てきたばかりの綾部医院の敷地へと走り込んでしまう。

「なんや、気ぃ悪…」

愛想のない猫だと毒づき、夏生は家の玄関を開けた。

IV

バレンタイン当日の日曜、智明が直接に予約していたイタリアンの店まで行くと、早めに仕事を切り上げたらしき夏生はすでに来ていた。

「けっこう、ええ値段の店やね」

メニューを開き、夏生は目を細める。

「そらなぁ、なっちゃん、ほんまに仕事お疲れさんやったし」

よう働きました、と智明は夏生を労う。

実際、夏生は二月は定休日もずっと店に行って、商品の発送に追われていた。朝早くから夜遅くまで休みもなく働き、そのうち過労で倒れるのではないかと内心案じていたぐらいだった。

二月ばかりでなく、他の月も少し前から定休日の木曜にもちょこちょこと仕事のために店に行っていることは知っている。通販作業だったり、納品作業だったりをしているらしい。

その代わりにたまに臨時休業しているからいいのだと、夏生は肩をすくめた。三月の頭は、三日ぐらいまとめて休み、ゆっくり映画でも見に行こうと計画しているという。

「その臨時休業重ねるからさ、智ちゃんも行かへん？　俺、三作ぐらい観たいのあるねん」

「映画三昧？」

さすがに一日に三作はきついのではないかと、智明は苦笑する。

「オッケー、じゃあ、二回に分ける」

「それでも、二本観る日があんねや」

ずいぶん優雅な時間の使い方だなと、智明は運ばれてきたワインのグラスを合わせる。

「そして、これは映画二本立てにつきあってもらう俺からの前払い礼。華麗なる義理」

夏生は効果音つきで、かたわらに置いていた紙袋を取り出す。

「何？　なんか高そうな紙袋、横に置いてるから、どっかでええもんでも買《こ》うてきたんやと思ってたけど」

「イエース、義理でごめんね。ここの美味しいねん。ショコラパティシエとか言って、うちより も間口の狭い、ちっちゃいちっちゃいお店やけど」

甘すぎないけど、色んなフレーバーがあって、それぞれがしっかり美味しいと夏生は嬉しそうに勧める。わざわざ早めに買いに行ったらしき、義理にしてはかなり高価そうなチョコレートと、夏生の強がりにも似た立て前を智明は心地よく受けとめた。

こういう素直でない言い方がいかにも夏生だと、あえて仰々しく礼を言っておく。

「確かに、心尽くしの義理をちょうだいしました」

見て、と夏生は自分の横に置いたままの、もう少し小ぶりな袋を指さした。

「買いに行ったら、自分にも義理立てしたなって、つい」

美味しそうやったんや、どれも…、と夏生は嬉しそうに目を細める。

長いつきあいゆえに通じる、この曖昧な空気感が愛しいと、智明も手渡された紙袋を引き寄せた。


智明が家の鋳物《いもの》の重い門をかすかな軋《きし》みと共に開けると、ちょうど門と玄関との煉瓦のアプローチに、たまに許可なくふらりとやってくる訪問者がいた。

「よう…」

智明は低く声をかける。

ナァ…、と鳴きながら、まるで挨拶するように尻尾《しっぽ》をまっすぐに立て、ぐるりと人なつっこくも図々しくも智明の足許をまわるのは、いわゆるタキシード猫とも言われる黒と白とのハチワレ模様の若い牡猫《おすねこ》だった。

全体が黒で、鼻の先と胸許、脚の先だけが白いのが、まさにタキシードのようにしゃれている。

グイグイと頭を押しつけるようにデニムにこすりつけてくる猫に、智明は小さく失笑した。

「お前、ここんとこ、ちょっとご無沙汰《ぶさた》やったんやないか？」

膝を折り、頭から耳の後ろにかけてを撫でながら軽く責める。

「いつも気の向いた時にフラッと来て、うちは愛人宅みたいやな」

首には緑の首輪と金の鈴を下げているのが、金の瞳《ひとみ》によく似合う。少し先の路地を行ったゲストハウスで飼われていると聞いたことがあるが、たまにこうして智明の家に遊びに来る。

姿を見かけるようになったのは、三年ほど前だろうか。最初に会った時から、妙に人なつっこく寄ってきた猫だ。母の和子はたまに遠くにいるのを見かけるだけで、側には寄ってこないと言うので、智明のいったい何が気に入られたのかはわからない。

ただ、いつも何となく雰囲気が夏生に似ていると思っていた。ちょうど、夏生が堺にいた頃に出会ったからかもしれない。頭が小さく四肢の長い、すらりとした体軀《たいく》のせいだろうか。黒の毛皮に白いアクセントの利いたどこか気取ったような雰囲気とは裏腹に、智明に見せた心安さのせいだろうか。

とにかく、初めて庭先に座っているこの猫と目が合った時、眼鏡こそかけていないが、あ、夏生っぽいと瞬間的に思ってしまった。一度そう思ってしまうと、見るたびに夏生に似てるとしか思えなくなった。

だから、飼い主にはなんと呼ばれているのかは知らないが、智明は勝手にナツキと呼んでいる。

「なっちゃんが女の子やったら、『お嫁においで』言うて、少しでも楽にしてあげられんねけど」

なっちゃん、口は悪いけど料理上手やしな、アイロンかけもうまいんや…、と智明は猫のナツキに向かって話す。

「でも、なまじ男やから、なっちゃんは自分の足で立たなあかんて思て頑張るんやわなぁ」

智明は溜息をつく。

夏生は表向きはスマートに店を始め、難しい業種である刃物専門店をも、わずか二年でなんなく軌道に乗せたように見える。

しかし、夏生は人には言えぬほどの努力を黙って重ね、生まれ育った街から出て単身で刃物の街でもある堺に修業に行った。本来は商家で育って商いを生業にするはずだった嫡男の夏生が、職人の下に弟子入りして一から刃物作りを学ぶことになったのは、やはり『佐用』に入ることを許されなかったためだ。

本当なら父や叔父から引き継ぐはずだった商いについての知識も人脈もなく、取り扱う刃物についての知識、そして商売の取引先との関係を一から学び、築くことを夏生は選んだ。

一般企業での就職活動の際、左脚を引きずることがマイナス要素とされた口惜しさもあるだろう。今よりもはるかに就職が厳しく、多少成績がよくとも、狭き門の前にささやかな瑕疵《かし》を理由にはねられた当時の時代性もある。

今も何度も堺に足を運び、師匠の教えも、仲買らの言葉も逐一メモに取り、そうして作った夏生の備忘録は数冊以上のファイルになっていることも知っている。夏生は昔からそういった努力は、けして人には見せようとしない性分だった。

時折、手の止まる智明の気が自分からそれていることがわかるのか、ナツキはやがてふいと智明の側を離れた。智明が手をそのままにしていると、ナツキは智明の顔をちらりと見上げた後、トトトッと走って行ってしまう。

最後に庭の夜陰《やいん》に紛れた白い脚の先を黙って見送った智明は、またもうひとつ、溜息をついた。

でも、夏生が女の子だったなら、それはもう夏生ではない、まったく別の人間だ。

見た目もよく、色々小器用に見えるくせに、いざという時に生きづらい道を選ぶ夏生だからこそ、きっと魅力的なのだ。

自分達が育つ道に何の疑問も覚えなかった小さい頃は、歳は二つほど違ったが、それこそいつも阿吽《あうん》の呼吸で遊び、何も迷うことはなかったというのに…。

やはり、何かが大きく変わりはじめたのは、今も鮮明に思い出すあの夏生の事故の日なのだろうかと、智明はポケットから玄関の鍵を取りだした。

V

「宗ちゃん、宗ちゃん」

なぁ、なぁ…、と夏生は仕事上がりに、宗近を呼び止めた。

「これな、ちょっと荷物になるけど持って帰り」

部屋の隅のパレットの中に隠しておいた大きな紙袋を夏生は取り出す。

「…何です？」

ボディバッグを肩から提げた宗近は、不思議そうに首をひねった。

「二月はお疲れ様でした、よう働いてくれましたのお礼やないか。ほら、めっちゃイケてるスプーンもくれたしな。お返しや」

夏生は意図的に『お返し』を強調して言う。

「お返し？」

「時間あるねんたら、開けてみ。俺の心尽くしや、甘党にも辛党にもいけるはず」

「はぁ」

いつものようにあまり表情が動かないながらも、宗近はどこか面食らったような様子で紙包みを解き、三段重ねとなった折の箱を開ける。

どうや、と夏生はあえてあっけらかんと腕を組んで胸を反らす。

「知ってるか？　河原町《かわらまち》の『永楽屋《えいらくや》』さん。ここの佃煮は鉄板やねん。特に一《ひ》と口椎茸《くちしいたけ》の佃煮な。ちゃんと甘いもんもセットにしといた」

「すごい高級感ありますけど…」

宗近の戸惑う声に、夏生は頷く。

「そらな、俺も支払いの時に手ぇ震えたもん。ええ値やで」

万越えや、と夏生は微笑む。

「…そんなに？」

「そや、宗ちゃんの作ってくれたスプーンには、それぐらいの価値あるからな。宗ちゃん、きっと才能あると思う。まぁ、庖丁職人やろけど、きっと何年かしたら師匠にも負けへんぐらいになれるわ」

勝手に師匠を超えると太鼓判を押すと、宗義に締められるから、と夏生はあえておどけた。

「そして、こっちは偉大なる師匠に。重いけど持って帰って」

夏生にさらに手渡された黒い紙袋に、宗近は重っ…、と声を上げる。

「羊羹やしな、そら重いって」

「『とらや』の羊羹なんて、自分で買《こ》うたことないから知らんかったわ。なんでお菓子のくせにこんなに重いんや」

宗近は眉を寄せる。

「なんやったら、家まで送ろうか？　どっちもかさばるしなぁ」

「いや、そこまでやないですけど」

「ごめんなぁ、やっぱりせっかくやし、ちゃんと形にして返しときたくて。ありがとうな、あのスプーン。大事にするし」

「いえ…」

さすがに大仰なほどに立派な菓子折は、あからさまに義理返しでもあるとわかるのか、宗近も困惑気味だった。

夏生はどこまでも、宗近の下心に気づかない振りを装って笑った。

二章

I

朝、夏生の出てくる時間を見計らって、新聞を取りに表へと出た智明の前を、真新しい紺の詰め襟を着た中学生が自転車で走ってゆく。

智明や夏生が卒業した、中高一貫教育の男子校の制服だった。サブバッグまであの頃とまったく同じで、ひと目見ればすぐにわかる。このあたりから学校までは徒歩では一時間弱、バスでは三十分弱の通学時間も、自転車を使えば十五分だ。

この間までは見かけなかった顔だ。今年、入学したばかりなのだろうかと、智明は懐かしい制服を見送った。今見ると、中学に入りたての子供の顔つきはまだまだ幼い。自分達も学生の頃は、あんな風に幼く見えたのだろうか。

夏生は今でこそ身長も伸びたが、昔はそんなに背もなかった。子供の頃から目許の涼しい美形だったけれども…、と智明は思い出す。

兄弟のいない分、智ちゃん、智ちゃんと、昔から懐いてまとわりついてきた夏生は、智明にとっても別格の存在だった。進学校でもあった智明の学校にも危なげなく入り、智明が所属していた弓道部を見学に来て、そのまま入部してくれた。

朝の通学も一緒、帰りも部活がほぼ同じ頃に終わったので、よほどのことがない限りは夏生が智明を待っていて、当然のように自転車を並べて帰った。

あの日も…、と智明は思い出す。

空梅雨気味と言われていた六月の終わりだったが、その日は朝からどんよりとした灰色の空模様だった。

だが、学生は相当の大雨でもない限り、たいていは平気で自転車で走ってゆく。多少の雨に濡れることよりも、さらに十五分ほど早く起き、バスに乗ってゆくことの方が面倒だったから、若かったのだと思う。

しかし、高校に入学してからの急速な視力の低下が原因で、医師に眼鏡を常用するように言われたばかりの夏生は、朝、家の前に自転車を引っ張り出した時から空模様を気にしていた。

――なっちゃん、眼鏡気になるか？

確かに雨模様になると、グラスも濡れて視界も悪かろうと自転車に跨りながら声をかけてやると、夏の半袖の制服に身を包んだ夏生は小さく首をひねった。

――うーん、まだ、あんまり慣れへんっていうか…。

夏生はずっと眼鏡をかけ続けるのは視界が狭くて煩わしいと言いながら、不承不承かけているが、細く高く鼻筋の通った顔に細い銀のフレームの眼鏡は、それなりに様になっている。いかにも感受性が鋭く、頭もよさそうには見えたが、少なくとも夏生の繊細な容貌を損なうようには見えなかった。

——学校までは降られずに行けそうやけど、帰りに降るようやったら自転車置いて、バスで帰ろか？

そう声をかけると、そうやね、と夏生も自転車に跨った。

三条通《さんじょうどおり》から千本通《せんぼんどおり》を走り抜け、丸太町通《まるたまちどおり》へと曲がって、山陰本線の円町《えんまち》駅近くの交差点をいつものように北上しかけた時だった。

青信号を確認して先に交差点を渡ろうとした智明は、自転車のすぐ後ろを何か巨大なものがかすめてゆく圧力と風を感じた。

そしてその直後、耳をつんざくようなすさまじいブレーキ音に続いて、何か金属状のものがガシャガシャッと潰《つぶ》れる異音、誰か若い女性の甲高《かんだか》い悲鳴と何人かの大人の泡を食ったような叫び声を聞いた。

いったい何事かと後ろを振り向いた智明の目に見えたのは、無惨に潰れた自転車と路上に転がった制服姿の夏生だった。

まだトラックの下に潜って見える夏生の膝下からは、真っ赤な血が路面を染めるように溢《あふ》れだしていた。

とっさに跨っていた自転車を投げ出し、夏生のところへかけよった自分が何を叫んでいたかは覚えていない。救急車がやってくるまでの経緯も、そこからの救急隊員とのやりとりも、救急車に同乗して病院へ向かう途中のこともほとんど覚えていなかった。

ただ、道路に横たわった夏生の顔は血だまりが大きくなるにつれてどんどん青ざめていって、もう夏生は死んでしまうのだと思ったことは鮮明に覚えている。

普段は能天気だ、楽天家だと言われる自分があそこまで絶望的な気持ちになったのは、今も昔もあの事故の時だけだ。

必死で名前を呼びながら、ただただ意識のない夏生の頭を夢中で抱えていた。よく整った夏生の顔も身体も哀れなほどに傷だらけで、白い夏服の肩口は無惨に破れていた。救急車の中で為《な》す術《すべ》もなく、割れた夏生の眼鏡と血に汚れた手とを握りしめていたことも覚えている。

事故時、交差点に居合わせた社会人の中に男性看護師がいて、ネクタイで止血をしてくれていなかったら、夏生はあの場での命も危うかったのだとあとで聞いた。

交差点を左折しようとしたトラックの前方不注意で、先を走っていた自分はギリギリのところで助かったのだとあとで聞いたが、それは何の救いにもならなかった。むしろ、先にこぎ出さず、夏生のすぐ横に自転車を走らせていれば、あの時、何かが違っただろうか。苦しむのは夏生ばかりではなかっただろうかと、今も思う。

——自転車だと、コンマ何秒っていう差だからね。ギリギリのところで巻き込まれなかった君は運がよかったし、もうひとりの彼もあとコンマ数秒遅かったら、まともにタイヤの下敷きになってたところだった。

後の事情聴取で警察官に言われた言葉は、慰めだったのだろうか。

今も時折、あの事故のことは夢に見る。他はもう徐々に色をなくしてゆく記憶なのに、道路の上にじわじわと広がってゆく夏生の血だまりとその血に染まった夏生のシャツは、そこだけはっきりと鮮明に色つきで夢の中に出てくる。

むしろ、記憶の中の狂気のような赤色は、自分が夏生をなくしてしまうのだと感じた危機感のせいか、次第にその鮮やかさを増してゆくような気がする。

外科医となって、あの時の夏生よりも無惨な状態の患者も何人か診《み》ているが、夏生の時ほど胸が張り裂けるような思い、自分の身が裂かれるような思いは味わったことがない。

玄関のドアにもたれ、再び甦《よみがえ》った事故時の記憶に智明がわずかに眉を寄せた時、夏生が柳井家の格子戸《こうしど》をがらりと鳴らし、自転車を押して表へと出てきた。

今日は本来なら『柳井』の定休日だが、観光シーズンで客を見込めるし、オーダーに来る客もいるので、ひとり稼業の気楽さで店を開けるという。

もう四月も半ばとなったせいだろう。以前とは違って、ボートネックのシャツに、薄手のジャケットを引っかけている。

いつものように左脚を少し引きながらも、自転車を押して歩く姿にほっとする。

麻痺の残った左脚を夏生はずいぶん嫌うけれども、そうして自分の力で歩く夏生の姿を見るたびに、どうにも口にできないほどの温かさや他には替えようのない安堵が胸の内を占める。

夏生が生きていて、今、こうして毎朝、その姿を確かめることが出来ることに救われる。

夏生にとっては今へと連なる不幸の発端となった辛い記憶なのかもしれないが、自分にとっては、あの日、あの時、夏生を失わずにすんだという救いの証でもある。

それを口にしてしまえば、夏生は二度と自分を許さないかもしれないが…。

飾り気のない自転車に跨り、門の郵便受けに向かってさりげない振りで自分の姿を探した夏生に、智明は何でもない顔を装って門まで出てゆき、笑いかけた。

「なっちゃん、おはようさん」

整っているせいか、黙っていると少しきつくも薄情そうにも見える表情を、夏生はふっとやわらげる。

「おはよう、今日の陽気やともう桜も終わりそうやね」

今年もろくに花見が出来なかったと、夏生は笑う。こんな観光地の真ん中に住むというのに、ここ数年、花見らしい花見もしていないと。

「桜なぁ、確かにもう何年もろくに見てへんなぁ。うちの母親は今日もまた、なんや花見やいうて出かけるみたいやけど」

附属病院に勤務していた頃は、まだ通勤中に桜も見られたが…、と智明は夏生へと視線を戻す。

「せっかくやし、どこかお花見行くか？」

「花見なぁ、悪ないね。どこ行くつもり？」

「さぁ、今日やともう少し桜の残ってるとこ」

「今日行くんや」

さすがに今日言って今日の話だとは思っていなかったのか、夏生はやや呆れ顔となる。

「どこ？　今日って、仕事終わってから？　ああ、智ちゃんは午後は休診なんか」

それでもどこに行くつもりかとは尋ねてくる。

「この時期やったら、高台寺《こうだいじ》とか二条城《にじょうじょう》とか？　夜桜見られるらしいよ。この間、患者さんが言うてはった」

「高台寺はともかく、二条城は近すぎて行ったことないなぁ。前はしょっちゅう通るけど…」

へぇ、とは言ったものの、夏生は曖昧な笑いを浮かべるばかりだ。

だが、これは自分の提案が悪いと智明はすぐに悟る。無理もない話だ。どちらもけっこうな距離を歩く。特に二条城は堀をぐるりとまわりこんだりと、健常者でも少し疲れるぐらいの距離を歩かなければならない。

「どっちも観光客や団体さん多そうやから、もっとシンプルに桜見れるとこがええよな？」

尋ねると、夏生は頷く。

「もう散ってしもててよかったら、ありきたりやけど賀茂川《かもがわ》べりかな？　もう少し上の方行ったら…」

そもそも普通の桜は散ろうという今の時期に、花見の提案を持ち出した自分が悪いと、智明は郵便受けからいつものように新聞を取り出す。

「北大路《きたおおじ》のあたりまで行ったら、まだもう少しは桜も残ってるかも」

一か八《いちばち》かやねと言いながらも、夏生は同意する。昔から北大路を境に雪が積もるといわれるから、市内よりも少し気温が低いという認識があるのだろう。

「終わったら、またメールくれる？　俺、午後は空いてるから、お酒とかは用意しとくし」

「飲むつもりなんや」

へぇ、本気やな、と夏生は笑った。

「じゃあ、俺も早めに仕事切り上げな」

また、メールするわ、と夏生はペダルを踏み込む。

そんな夏生に、結局、智明はつい今さっき、自分達と同じ学校の制服を着た生徒が自転車で走っていったとは言いあぐねたまま、その姿を見送った。

あの高校時代は、そして、これまでの日々は夏生にとっては救いなのだろうかと、今も迷う。

夏生が助かってよかったというこの気持ちは、当の夏生には告げられないまま、この歳になってもまだ、智明の胸の内にずっと息づいている。

II

夏生は智明との約束通り、客足が途切れたのを機に早めに暖簾をしまい、六時前には店を閉めて家まで戻った。

レジャーシートなどの入った大きめのキャンパスバッグに、酒やつまみの入った紙袋と、智明は手回しよくすでに色々と用意してくれていた。二人はタクシーを拾い、まだ桜の残っているところと注文をつけて、賀茂川べりの府立植物園の手前あたりで降ろしてもらう。

ちょうど空が夕暮れ色に染まり、桜が広い川沿いに白く浮かび上がって見えた。まだ、今日は桜が残ってるし、花も散り際でええよとタクシー運転手が請け合ったように、風もほとんどないのに花びらが舞うのがタクシーを降りた時から見えた。

「なっちゃん、ちょっと歩くけどええか？」

先に立って川べりへと下りながら智明が尋ねるのに、夏生も頷く。

「今日は温かいし、ゆっくり歩いてくのもええと思う」

犬を散歩に連れている人や、ちらほら夕桜を見る人々はいるが、もともと川岸が広くゆったりしているので人の姿もあまり目立たない。時間的に花見客も退けてきたのか、この時期にしてはかなりの穴場だった。見物客でごった返すと聞く夜桜スポットを思うと、こっちを選んで正解だったと思う。

ベンチや植え込みがかなりの間隔を開けて置かれているが、四条あたりの繁華街とは違って、周囲も閑静な住宅街となるため、高い建物もなくすっと視界の開けた川の景色を眺められる。

「ここ、選んで正解やったね」

タートルネックシャツに綿のジャケットを引っかけた智明は、ゆったりした眺めに目を細める。

空が何ともいえない美しいピンク色に染まる中、立派な桜の木の下に持参したレジャーシートを敷いた。和子が花見用に買ったという小ぶりな折りたたみのレジャーテーブルの上に、智明が持ってきてくれた弁当を広げる。お握りに卵焼き、煮物、温かいお茶は、和子の心尽くしだった。

夜は冷えるかもしれないと、チェックのブランケットまで持ってきてあるのが智明らしい。おそらく夏生が足を冷やさないようにとの配慮だ。

「あと、焼鳥な」

ほれ、と智明は小ぶりな保温バッグの中から、ビニールの包みを取り出す。それだけでタレの芳ばしい香りが漂う。

「買いに行ってくれたん?」

「まぁ、昼から暇やったし。なっちゃん、好きやろ?」

前に花見には焼肉よりも焼鳥だと力説していたではないかと、近場の焼鳥屋にわざわざ買い出しに言ってくれたらしき男は、くぐもった声で笑う。どうやら前に飲みに行った時、夏生が酔った勢いでそんなことを言っていたらしい。

「ありがとう、そんなしょうもないこと覚えていてくれて」

でも、やっぱり花見には焼肉よりも焼鳥の方が合うのではないかと、夏生は山辺に沈んでゆく夕日を見ながら缶ビールのタブを引く。

「乾杯」

今日もよく働きました、と智明に労われながら缶を合わせる間も、はらはらと音もなく桜の花びらが降り注ぐ。

「ここ、穴場やね。すっごい静か」

いいなぁ、とまだ十分に温かい焼鳥とビール片手に、しばらく二人で夕桜を楽しむ。

「なっちゃん、一応、日本酒もあるよ。花見の定番かと思って」

ビールの空く頃に智明はカップ酒も取り出す。

「カップ酒で花見って、本当に酒飲みって気ぃするなぁ」

軽口をたたきながら、せっかくなので…、と夏生は智明と共にカップを開けた。伏見の蔵元のもので、花見には手軽でそこそこ味もいいよと近所の酒屋に勧められたらしい。なるほど、開けてみると、さっぱりと辛口で飲みやすく、香りもいい。

散り際の桜もいいものだと、二人してふわふわとした気分で酒を口に運ぶ。

「仕事、少しは落ち着いたん？　しばらく忙しかったやろ？」

智明は低くくぐもった声で尋ねてくる。こたつで寝入っていた二月の頃を案じてくれているらしい。

「おかげさまで、今はそこそこまわってるよ。今日開けたんは、広島から行くからオーダー頼みたいって言うてくれはったお客さんがいたからやし。まぁ、バレンタイン前の忙しいのは雑誌に紹介されたせいもあったからなぁ」

店を覗いてくれる客は増えたが、一時どっと増えた年配女性客の来店は落ち着いたように思う。

「あー、やっぱり、日本酒はくるよなぁ。ごめん、ちょっと転がらせて」

さして酒に強くない智明は、日本酒が入ったせいか、うっすらと目許を赤らめてシートの上に仰向けに転がる。

「今日のお酒が特別に美味しいのは、やっぱりこの桜かなぁ…」

長身を伸ばした智明は、空を仰いだ。同じ様に思っていた夏生は、笑って頷く。

「なっちゃん、こうして横になると、空と花びらだけが見えてええよ。すっごい贅沢してる気になる」

「どれ？」

のんびりした声に誘われて夏生は日本酒のカップを置き、同じように智明の隣に横になる。

なるほど、暮れゆく夜空に桜の花びらが舞い散る様子は、なんともいえない美しさだった。花びら以外、視界をよぎるものがない。

しばらく二人して、言葉もなく空を仰ぐ。

夏生にとっては、こうして時間も忘れて智明の横で寝そべっていられるのは、何にも代えがたいほどの贅沢だった。

すっかり日が落ちて、川べりの街灯に桜が白くぼうっと浮かび上がるようになると、あたりの光景はより幻想的になる。

ふと気がつくと、隣で寝そべっていた智明はいつのまにか寝入っていた。

「智ちゃん、こんなとこで寝たら風邪ひくで」

いくら温かな夜だと言っても、さすがに眠り込むのはまずいだろうと声をかけてみるが、智明は曖昧な返事をするばかりで起きる気配がない。

夏生は苦笑すると、赤いタータンチェックのブランケットを智明の上に広げた。

「ああ、ごめん」

それでふと意識が戻ったのか、それともまだ寝ぼけているのか、智明は小さく詫びると姿勢を変え、大柄な身体を丸めるようにして夏生の膝の上に頭を預けてくる。

「智ちゃん」

半笑いで呆れる夏生に、智明もどこか子供っぽい笑いを浮かべ、また寝入ってしまった。いつも歳上の顔で、余裕を見せる智明には珍しい。

「しゃあないなぁ」

夏生には暇だと言ってくれるが、別に午後の診察がないからといって、智明が完全なオフではなく、病院内のこまごまとした書類作業があることはわかっている。そんな中で、花見の用意をしてくれたのだろう。

それにこの気候、この静けさだと、夏生はなだらかな山の稜線も闇に隠れた川べりで、花びらを舞わせる桜を見上げた。

太腿の上の智明の頭の重みが心地いい。夏生は膝枕をしたまま、ただ黙って散り際の夜桜を見ていた。

III

朝からよく晴れた五月の夕刻、夏生は店の暖簾をしまいながら、今日が土曜であることを思い出す。

夏至まであとひと月ほどなのでまだ空は明るいが、今日は智明も休みだ。ゴールデンウィークも過ぎて、客も少し落ち着いている。こんなすっきりと風の涼しい日には、テラス席のあるような店で少し美味《うま》いものでも食べたい。

この間、近場にできたビストロがテラス席もあって美味いと、客である老舗懐石料理店の板前に教えられたばかりだ。

綾部家ではまだ夕飯前だから、このまま智明を誘ってみようかと、夏生は自転車をいつものように家まで走らせた。

カラリとした涼しい風が頬を撫で、自転車で走っていても気持ちがいい。

四月からゴールデンウィークまでは、客の入りもよく忙しかった。定休日は定休日で堺の宗義の下に通っていたので、ろくな休みもなかった。

あの花見以来のゆっくりと美味い食事ではないかと、自然、夏生の気持ちも弾んだ。自転車を綾部家の前で止めると、インターホンを押す。

はぁい、と応じたのは和子だった。

「あら、なっちゃん、こんばんはぁ」

いつものおおらかな挨拶に夏生はインターホン越しに頭を下げる。

「すみません、智ちゃん、いますか？」

「ああ、ああ、ちょっと待っててね」

智明が出てくるのかと待っていると、ほどなく和子自身が玄関へと出てきた。

「ごめんねぇ、なっちゃん。智明、今日は弓道場に行ってんのよ」

「弓道場？」

「ええ、大学時代のコーチに誘われてね、たまに中学生に教えに行ってんのよ。月に一、二回」

「ああ、斎和館《さいわかん》ですか？」

確かに智明が少し前、大学のコーチに誘われていたという話をしていたことがある。夏生も中学の頃、何度か親睦射会で行ったことがある場所だ。

「ええ、そこなの。だから今日は、八時過ぎまで帰ってこないんと違うかしら」

「ああ、じゃあ、ご飯でもどうかと思っただけなんで、直接行ってみます」

夏生は和子に頭を下げると、自転車に跨る。

「ほんまにごめんねぇ」

「いいえ、近いんで」

そのまま夏生はペダルを踏み、自転車で十分弱の弓道場へと向かった。寺の境内《けいだい》にある五人立ちの弓道場は、夏生らの学校の弓道場ほどではないがそれなりに広く、古さと格式でいえばこの斎和館の方が上だった。

重厚な建物は寺の本堂にも似た入母屋《いりもや》造りで、斎和館と額のかかった入り口からギッギッと鳴る木の階段を数段登って弓道場内に入る。懐かしさと、古い建物の持つ重厚さに身の引き締まるような思いで夏生が入ってゆくと、すでに子供らは帰ったあとらしく、大人四人が並んで弓を引いているところだった。

その向こうから二番目に、懐かしい白の胴着に紺の袴を身につけた智明が、弓を引いているのが見えた。

夏生は入ってすぐの位置にある神棚の前で、まずは一礼する。

「見学ですか？」

一番手前の五十代くらいの男性が声をかけてくるのに、夏生はいえ、と首を振る。

「綾部さんの知り合いで…」

ああ、と男は智明を振り返ると、声をかけてくれる。

「綾部！」

ちょうど矢を放ち終えた智明は、夏生の姿を認めると共に破顔した。男に小さく頭を下げると、弓を手にしたままで夏生の許へとやってくる。

「何？　来てくれたん？」

智明らしいのんびりした言いように、夏生もつられて笑う。

「うん、飲みに行かへんかて、智ちゃんちに寄ったら、おばさんがここにいるって」

「ああ、今のが大学の時のコーチで、たまにヘルプで中学生教えに入ってる」

智明はさっき、自分を呼んだ男を肩越しに振り返る。

「飲みに行くのん？　もう少しだけ引いてええ？　あと、十分、十五分で終わるけど」

「うん、そのつもりで来たし」

夏生は頷き、入り口近い場所に正座して待たせてもらうことにした。

季節がいいせいか、弓を引く際の軋み、矢が離れる際の引き絞るような弓鳴り、矢がストッと的に収まるキレのいい音とすべてが清々しく、そして懐かしく聞こえる。

弓を引く智明の姿は、高校時代よりもさらにしっかりと一本芯が通ったように見えるのは、年齢的なものだろうか。

あの頃も弓道場での智明は、いつも大人びて、それこそ上級生達よりも落ち着いて見えたものだが…、と夏生は学生時代を思う。

高校時代、すでに頭角を現していた智明が、三年生に交じって唯一、二年生の中からインターハイの代表選手に選ばれたのも、ちょうどこのぐらいの新緑も鮮やかな時期だった。

――なぁ、綾部先輩が引くぞ。

弓を引き終えた夏生の後ろで、同級生のささやく声が聞こえた。

夏生が振り向くと、同じ弓道場内で高等部の使うサイドの射場《いば》に、智明も含めた出場メンバー五人が並ぶのが見えた。智明は落ちと呼ばれる、一番最後の位置についていた。的中率が高く、もっともプレッシャーに強いと判断されてのことだろう。

その並んだ選抜メンバーの中でも、他の四人の三年生らに比べて、智明には中等部時代に直接に指導してもらったという同級生も多い。一番親近感があると同時に、入部してすぐの中等部のスーパースター格が智明でもあった。

夏生らの学校は、弓道では昔から強豪校のひとつとも言われ、それなりにインターハイや選抜大会での入賞歴があった。智明は中等部在籍時も、全国大会での入賞歴を持っており、今年もその綾部がいれば全国大会まで進めるのではないかと言われていた。

高等部の代表選手が引くというので、夏生ら中等部メンバーが手を止めてその様子を見ていても勉強になると思うのか、コーチも止めない。むしろ、しっかり見ておけといった体《てい》で、手を止めて群れている中等部の三年生をちらりと一瞥《いちべつ》しただけだった。

白の短い筒袖の道着に紺袴をまとった智明は、高等部三年生を含めた出場選手の中でも一番体格がいい。最初の座して執《と》り弓の姿勢から、足踏み、さらには開いた両脚の上で上体を整える胴作りまで、すべてが静かで安定している。

そこから弓を構えて打起《うちおこ》し、引き分けて矢の離れまで、一連の所作はゆるやかなのに流れるようで、ストッと矢が的に収まった時には、オーッ…、と声が起こった。

そして、的を見据えての残心《ざんしん》…、と夏生の幼馴染みとしての贔屓目がなくとも、十分に美しい。すっと背筋をまっすぐに伸ばした智明は、身長の高い分、弓を引く姿も映える。夏生はそんな智明の姿に、少しずつ頬の上気してゆくのを意識していた。

続いて智明は、再び座し、弓を執る動作から繰り返す。

周囲のどよめきや掛け声、騒ぎなど、少しも耳に入っていないかのように智明は再び矢を番《つが》え、放つ。その矢が伸び、吸い込まれるように的に収まる。それを見定める静かな眼差《まなざ》し…、とその淀《よど》みのない美しさに目が吸い寄せられたまま、離せなくなる。

——綾部先輩、すげぇ…。

智明が三射目を当てた時、高等部の方で起こる歓声とは裏腹に、夏生と仲のいい同級生が、す

ぐ横で低く喘《あえ》ぐようにつぶやいた。

前の先輩に続いて四射した智明は、五人の中で一人だけ四射すべてが的に当たる皆中《かいちゅう》だった。

――よ―――しっ！

高等部からも中等部からも掛け声やどよめき、大きな拍手の起こる中、夏生は誇らしさと智明の見せる所作の美しさに打たれ、興奮に頬を紅潮させながら拍手を送る。

しかし、智明はその成果に歓喜する様子も見せず、ただ静かな表情のまま、背筋を伸ばして後退し、その場に座る。

達成感はあるのだろうが、夏生に見える智明の横顔に慢心はない。主将に練習に戻るように促され、再び射場につきながらも、夏生はただただ、欲のない静かな表情の智明が不思議だった。

あの高校時代から、さらに智明の横顔は大人び、肩まわりや背中、立ち姿も成熟して堂々たるものとなったが、あいかわらず、智明の見せる表情は飄々としていて静かだ。

的を見据える静かな眼差しには、他には何も映っていないように――こうして同じ弓道場内にいる夏生の存在すら忘れているように見える。その智明の心的な境地に憧れる一方、焦りと寂しさも感じる複雑な心境は、やはりあの学生の頃から変わらない。

夏生は知らず、口許をゆるめていた。

もう今は、足を引きずることもなく自由に歩く感覚、走る感覚すら普段は忘れているが、なぜか学生時代に道着のまま、学校の周囲を走っていた時のことはまだ時々夢に見る。

そんな時には、たまにすれちがう智明が目が合った時にちらっと笑みを見せる様子や、軽く手を上げる様、同学年の友人らと喋る背中を目で追いながら走っている感覚が、まるで今もあの時、あの場所にいるかのように鮮やかに甦る。

それこそ、背中に羽でもついているように身体は軽く、足の重さなど意識していない自分がいる。そして同時に、あの頃から智明を常に意識し、視界に収めていた自分を思い出す。

夏生にとっては、人生で一番幸せだった頃の記憶かもしれない。

やがて智明が最後の矢を放ち終え、弓を手に夏生の方へとやってくる。

智明はコーチに帰りの挨拶をすると、最後に射場に向かって一礼し、さらに神棚の前で一礼すると、夏生を振り返った。

「お待たせ、なっちゃん、行こか」

声をかけられるまで、夏生は自分がひたすら智明に見入っていたことに気づかず、そんな自分に対する照れから、あえて口許を引き締める。

「どこ行くつもり？」

着替えてくると言いながら、智明はさっきまでの神がかった雰囲気とはまったく異なる、飄々とした口調で尋ねてくる。

「ビストロや、ちょっとワインの気分やねん」

へぇ、と智明は悪戯っぽい目を見せた。

「ビストロか、弓袋提げてってもええやろか?」

「テラス席あるらしいから、そこに立てかけとき」

ちょっと邪魔かもなぁ、と笑いながら、夏生は男と肩を並べた。

Ⅳ

五月の末の少し湿度の高い日の夕刻、最初にややニヤケた眼鏡の男と、肩から一眼レフカメラとレンズバッグを提げた男の二人が店に入ってきた時、夏生はひと目見て嫌な感じの二人組だと思った。

雰囲気的にもマスコミ関係者だとわかったが、これまで店の取材を受けた時には、どこも事前に連絡があった。何より、店に入ってきた男は店構えや店頭に並ぶ品物よりも、あからさまな興味を剝き出しにして夏生を見ていた。

「いらっしゃいませ」

とりあえずは迎えの声をかけた夏生に、眼鏡の男がずかずかと寄ってくる。かたわらのカメラマンらしき男は、許可もなく店の中の写真と夏生の写真とを続けざまに数枚撮った。

「『佐用』の先代の社長の息子さんですよね?」

これだけで相手の意図があらかた読めて、夏生は愛想笑いの口許を引き上げる。

「はい。失礼ですけど、どちら様ですか？」

先代社長の息子なことは間違いないし、これまでにも何度か雑誌にそれが紹介されたこともある。ただ、のっけからそれを尋ねてくるのは、主目的が店の取材ではないからだろう。

「ちょっとねぇ、聞かせて欲しいんですけど、今の『佐用』の社長さんっていうのは、叔父さんにあたるんですよね？　前の専務さん？」

夏生は無礼な相手に、笑顔の種類をわずかに変える。その間もかたわらでシャッターが切られる。

「おおきに、いつもご贔屓に。すんません、どちらさんですか？　申し訳ないんですけど、許可なく撮影するのはご遠慮いただいてます」

「あなたさぁ、なんか叔父さんに、親父さんの店の暖簾取られた形になるのかなぁ？」

名乗りもせずに不躾な問いを続ける相手に、バックヤードにいた宗近が庖丁の箱を抱えて、表に出てくる。

「いらっしゃいませ」

裏から出てきた体格のいい男と、押し出しの強い低い声に、一瞬、相手は怯《ひる》んだようだった。

ちょうどそこに若い男性の二人連れが入ってくる。

「いらっしゃいませ」

宗近と共に声をかけると、夏生は眼鏡男に冷ややかな笑みを向ける。

「どうもすんません、お客さんがいらっしゃってますので」

お前は客ではないという夏生にも、眼鏡男は臆面もなく言ってのける。

「あ、じゃあ、このお客さん退《ひ》けたら、話聞かせてもらえますかねぇ」

それをカウンターの前に出て、身体ごと遮ったのは宗近だった。

「いや、商売の邪魔やから引き取れて言うてるんですわ」

さっきよりもさらに物騒に低まった宗近の声に、新しく入ってきた二人が壁の陳列ケースの前から、ちらちらと覗き込むように見ている。

「あんまり悪質な居座りすると、営業妨害で警察呼ぶで」

宗近は高い背を折って、眼鏡男の耳にささやきこむ。

「話聞かせてもらいたいだけで、そんな怖い声出されてもさぁ。何？　ここで物買えば、俺も客だよね？」

「あいにく、お眼鏡にかなうほどたいしたもんは置いてませんので、すんません」

おおきに、ありがとうございます、とだけ夏生が言い捨てると、宗近がそのまま二人を表に押し出してくれる。

暖簾の向こうで何か二人に言ったようで、その迫力が利いたのか、警察沙汰にされるのはさすがに面倒だと思ったのか、記者とカメラマンは通りの向かいの方へと移った。

夏生はその様子を振り返り見る若い二人の客に頭を下げる。

「お騒がせして、すんません」

「いえ、何？　なんか、記者っぽいけど…」

感じ悪いですよね、と二人は失笑する。

「さぁ、どこの方やとも言うてはらへんので。何かお探しの物があったら、おっしゃってくださ い」

夏生はにこやかな笑みに切り替えると、小さく頭を下げる。そこへ宗近が戻ってきた。

夏生さん、と宗近はカウンター内の夏生の脇へ来て身をかがめる。

「あいつら、さっきの写真、データ消さしとこか？」

小声だが、かなり気が立っているのか、表を睨む鋭い目つきはさらにきつく、言葉遣いもタメ口になっている。

「いや、写真はええわ。たいしたん撮れてへんやろし」

夏生も小声で応え、面倒な二人を追い出してくれた感謝をこめて、とんと宗近の肩を叩いてお く。

「すみませーん、この左利き用の庖丁、見せてもらえますか？」

ショーケースを指さす客に、夏生は愛想のいい返事と共にカウンターを出た。庖丁の質や値段の差、扱いなどについて説明したあと、注文を受けて仕上げ研ぎをしている途中、電話が鳴る。

バックヤードで電話を取ってくれた宗近が、電話の子機を手にかたわらへ来た。

「夏生さん、綾部さんって『智ちゃん』ですっけ？　電話入ってますけど、折り返しますか？　よければ代わりますけど」

仕事上がりの頃はともかく、こんな昼中にわざわざ電話がかかってくるのは珍しいと夏生は研ぎの手を止める。智明は午後からの診察前の時間だが、夏生の仕事中はたいていの用事はメールで来るので、電話となるとあまりいい予感はしない。和子にでも何かあったのだろうかと、夏生はあとを頼んで濡れた手をタオルで拭い、子機を受け取った。

受け取り際にちらりと外へと視線をやると、さっきの記者とカメラマンはまだ向かいの喫茶店の前に立っている。こちらも嫌な感じだと、夏生は子機を手にバックヤードに入った。

「もしもし」

『ああ、なっちゃん？　仕事中、ごめん。ちょっと、医院《うち》で取ってる週刊誌に妙な記事載っててな、今日発売のやねんけど』

智明が名前を挙げたのは、名の通った総合週間誌だった。待合室用に定期購読しているその今日発売の週間誌に、昨年から時折取りざたされていた有名菓子メーカーの創業家族の御家騒動の続報が載っているのだと智明は言った。

それだけなら別に何もないが、その記事の半ばから、全国的な老舗や芸能、芸道お家元の御家騒動が紹介されているらしい。そのひとつとして、『佐用』と『柳井』の話が取り上げられているのだという。

扱いは小さいが気になって…という智明の話で、まだ表に立っている二人組の来店理由に思いあたる。

さらにそれを焚きつけようという別のマスコミか、その週刊誌の記者なのか。

「あー…、そやから妙なんが来てんのか…」

思わず呟いた夏生に、智明は大丈夫かと案じ声を出す。

「うん、さっき、宗ちゃんが営業妨害や言うて、外へ追いだしてはくれてんけど」

まだ、粘ってるやろな…、と夏生はぼやく。

別に隠している話ではないが、面白おかしく書き立てられると店のイメージが落ちる。

ちゃんと説明するから好意的に書いてくれと頼んだところで、さっきの記者の態度からするに、必要以上に叔父との対立を煽りたいだけなのは目に見えている。そんな頼みが通用する相手には、とても見えない。

『あまりめんどくさいようなら、また連絡しといで。なんなとするし』

くぐもっていても温かみのある幼馴染みの声を聞くと何よりも安心すると、夏生は連絡に礼を述べ、電話を切った。

「いらっしゃいませ」

新しい客が入ってきたらしく、仕切り壁の向こうで宗近が声をかけるのに、夏生は小さくひとつ溜息をつくと、バックヤードを出た。

夕方、二時間近く通りの向こうで粘っていた記者達が姿を消した時、夏生は少しほっとした。

客が切れた頃を見計らい、五時で退ける宗近に声をかけて帰宅準備をしてもらう。

宗近は紺の作業用エプロンを外し、荷物を持ってバックヤードから出てくる。

「夏生さん」

あらためて呼びかけられ、夏生は大柄な男を見た。

「俺、明日も来ましょうか？　なんやややこしいこと、なってるみたいですし」

どうやら週刊誌に叔父とのいざこざが載ったらしいと、記者が押しかけてきた理由を説明したせいもあって、その記者が妙に粘っていたことを気にかけてくれているらしい。

もっとも、記者が比較的あっさりと店を出たのは、宗近の体格のよさや迫力に依《よ》るところが大きいので、宗近の心配もわかる。

「いや、まぁ、帰ったみたいやし、大丈夫やないかな」

でも、と宗近は上から夏生を見下ろしてくる。

おそらく向こうに見下ろすつもりはないし、夏生もそれなりに身長はあるのだが、なまじこの男は体格がいい。智明よりも背の高い男など、普通はそうそう見ない。

「でも、普通、ああいう手合いって、そんな簡単に諦めへんでしょう？」

昔、近所で強盗殺人事件があった時、二週間以上、マスコミが押しかけてきて大変だったと宗近は言う。

「まぁ、うちはそこまで有名店でもないし、歴史だけでいうたら、『佐用』よりも、『有久』さんとこの方が長いしなぁ」

「油断しはらへん方がええですよ、気になるから、明日も来させてください。バイト代いりませんし」

「そういうわけにもいかへん」

何言うてんの、と夏生はいなす。確かにしばらくは用心棒代わりに宗近にいてほしいが、そこまであてにするわけにもいかないし、まったくノーギャラというわけにもいかない。

「いや、来ますから」

「…そやったら、とりあえず三日ほど頼もうかな」

それで様子を見て、ほとぼりが冷めるようならこれまでどおりの週一の通いに戻してもらおうと、夏生は同意する。三日ほどなら、宗義も許容範囲内かと思うし、むしろ、話を聞けば言ってきてやれというほどに義理堅い師だ。とりあえず、あとで一報入れておくことにする。

それよりも…、と宗近は言葉を継いだ。

「今回の件もあって、頼みたいことがあるんですけど」

何？…、と夏生は尋ねた。

「俺に出来ること？」

「まぁ、夏生さんが迷惑やなければ」

普段は言葉少ない宗近にしては、ずいぶん突っ込んで話してくるものだ。しかし、話し方そのものはいつもよりも遠回しな気がする。

「続けて通うのに、ホテルとかウィークリーマンションも考えたんですけど」

「ああ、それな…」

確かにそれは自分の配慮があってもいいかもしれないと、夏生は頷く。

「いえ…、ほんまに迷惑やなければの話でええんですけど」

「うん、何？」

率直な言い方を好む宗近にしては、奥歯に物が挟まったようだと夏生は首をかしげて男を見た。

「今回のことだけやのうて、こっち来る日に、夏生さんのところに前泊させてもらうことって出来ますか？」

「ああ、俺んとこ？」

予想外の依頼に、ああ…、としばらく夏生は次の言葉が出ずに口をつぐんだ。

「…うちの家、すごい年季入ってて古いけど…、たまに雨漏りするし」

「別にうちもきれいやないから、俺はそういうの気にならへんし」

「でも、ほんまに古いし、お世辞にもきれいやないよ。何年も空けてたから、家傷《いえいた》みがひどいっていうか…」

これ以上言うと、泊めること自体を迷惑に思っているようだと、夏生は言葉尻《じり》をやわらげて笑みを足す。

「ええ、ですから迷惑やったら、けっこうです。とりあえず、明日も来ますし」

宗近は最後の最後で、ぱんと直截に言葉を投げてくる。やっぱり機嫌悪く聞こえるが、最初の切り出しに時間がかかっていたことを考えると、これは大阪男のデフォルトの仕様だろうと夏生は見当をつけておく。

自分はあまり白黒はっきり、ずけずけと言い切るのは好まないし、相手にも角が立つと考える。こういう考え方は別に夏生に限らず、夏生の両親や周囲の人間、智明などにしても皆そうだった。単刀直入に切って捨てる時には、最後通牒《さいごつうちょう》に等しいと思って言葉は選ぶ。

だが、師匠の宗義などは本当に斟酌《しんしゃく》なくものを言うし、それは宗義に限らず、宗近もそうだった。言葉にまったく遠慮がない。最初は驚いたが、それは悪意あってのものではないことは、今はよくわかっている。

「うん、ごめん、それは助かる。ほんまにありがとう」

素直に礼を口にすると、いえ、と宗近は小さく頷いて、お先に失礼します、と店を出た。

その大きな背を見送り、別に宗近を泊めてやることなど、どうということもなし、すぐに即答してやればよかったと夏生は思い直す。むしろ、逆にあんな古いばかりで寝起きするには不自由な家に泊まってもらうことこそ、申し訳ないと思うべきなのだろう。

両親が揃っていた頃にはあった京町家ならでの情緒も失われ、季節ごとの建具の入れ替えもなく、まったく手入れの行き届かない今は粗が目立つばかりだ。

それにしても…、と夏生はカウンター内でネットショップのオーダーをチェックしながら、溜息をついた。

自分が『佐用』の跡継ぎであったことは、もっと隠しておけばよかったのだろうか。

しかし、この商売をはじめる時点で、ある程度は宗義のような父の縁故を辿らなければならなかったし、宗義に師事して堺の刃物職人らと取引することを考えれば、出自を隠しておくのも無理な話だった。

六時に暖簾をしまい、なおも伝票の処理などをしていると、七時過ぎに智明からメールが入る。

――なっちゃん、今日、うちに泊まり。妙な二人組が、なっちゃんちの前で待ってるわ。勝手口から入ればええし。

やはり諦めたわけではなかったのかと、夏生はうんざり顔を作る。これなら、明日も来ると言ってくれた宗近の申し出にはすくわれたことになる。

――ごめん、助かる。お願いします。

メールを返し、夏生は師匠の宗義にも断るべく、電話の子機を取り上げた。

V

今から店を出るから、向かっていいかと夏生から智明の携帯に連絡の入ったのは、七時半だった。表の様子はどうだと智明が二階の窓から表を見下ろすと、さっき、不審人物がいると近所から通報されてやってきたパトカーが、まだ停まっている。

これなら、記者もすぐには戻れないだろうと、智明は表へ出た。ちょうどそこへ、夏生が自転車で戻ってくる。

「ごめん、なんややややこしいことになって」

なっちゃんのせいと違うやろ、と智明は夏生を迎え入れる。

「けっこう、あちこちの家に顔出して粘ってたけどなぁ。二、三軒から苦情来たみたいで」

この界隈に住む人間は、それこそ祖父や曾祖父らの頃から何代にもわたって柳井家を知っているし、夏生の家の不幸な事情や、夏生の叔父の不義理も皆よく知っている。興味本位で嗅ぎまわる記者が許せなかったようだ。

「なっちゃん、今日はお寿司。ちらし寿司にしてみたんやけど、ええかしら？」

ほうれん草の白和えに、すまし汁と、和子はいつものようににこやかに食事を振る舞う。

「迷惑かけてんのに、申し訳ないな」

食後、風呂に入っている和子に代わり、ほうじ茶を淹れる智明に、夏生は小さくつぶやいた。

「こういう時はお互い様やしな、甘えとき」

デザート用のガラスの器に入った枇杷《びわ》を剝きながら、智明は夏生のどこか疲れたような顔を見る。記者に追いかけまわされることよりも、おそらく『佐用』の叔父の方へも顔を出しているだろう記者の起こすいざこざにうんざりしたような顔だった。

智明は夏生と共に食器を洗い上げ、自室に夏生の分の布団を敷くために食堂を出る。

「智ちゃん、あれ」

智明の部屋に向かう前、夏生は綾部家の中庭に植わった白い西洋アメリカアジサイの陰を指さす。

鞠のような大きな花をつけるアジサイは、ここ最近、和子の手によって植えられたものだ。白くオオデマリにも似た花をつけているが、花期も普通のアジサイよりも少し早い。サイズもかなり大きい。

「ああ、猫な。タキシード柄のやろ？」

アジサイの陰に座ったナツキは、慣れぬ夏生の様子を窺っているようだった。

「タキシードって言うのん？　ただのハチワレかと思ってた。何、あいつ、よう来《く》んの？」

「うん、たまに。この少し先のゲストハウスで飼《こ》うてはる猫やって聞いてるけど」

ふうん、と夏生はガラス越しに猫を眺め、鼻を鳴らした。

「なんや、生意気そうな猫やない？」

夏生の呟きに、智明は苦笑した。

「生意気か？　かなりのイケメンやろ？」

「そうかな？　何？　イケメンって、あれ、牡なん？」

「うん、若い牡猫。ちょっと雰囲気がなっちゃんに似てへん？」

それを聞いた途端、夏生は顔をしかめた。

「似てるか？　俺？」

どこぉ、と夏生は珍しく大人げない声を上げる。

「え？　可愛ない？　あの猫」

思わず尋ね返した智明に、夏生はそれこそ呆れたような顔となる。

「可愛ないよ、…ってか、人んちでちゃっかりと図々しいやろ？　前にちらっと見かけたけど、全然愛想なしやったで」

「えらい嫌《きろ》うたもんやなぁ。そんなに悪い奴《やつ》やないけど。たまにフラッと来んねん。なっちゃんみたいやろ？　慣れると、けっこう甘えてくるで」

「ああ、そう？　今日もタダ飯食わしてもろて、ごめんね」

開き直ったようで自虐的な夏生の言い分に智明が苦笑すると、夏生は深い溜息をつく。

「ほんまに智ちゃんは昔から、ナチュラルに人たらしていうか、ジジババ殺し、動物タラシやんな。ああ、子供もか」

「人聞き悪いなぁ」

「ほんまの話やし」

言いながら、二人して二階に上がり、客間から布団を移してきて智明の部屋に敷く。

「俺の部屋やのうて、客間に寝てもいいのに。兄貴の部屋も空いてるし」

たいして片づいてもいない部屋で布団を敷きながら言うと、子供の頃からよく部屋に出入りしている夏生は、慣れてるし、と憎まれ口を叩く。

「智ちゃんの部屋の、適当な散らかり具合の方が落ち着く」

「まぁ、なっちゃんの部屋みたいに片づいてはいぃひんわな」

数年間、堺に移っていたこともあって、夏生の部屋には本当に無駄なものがない。

一方、智明の部屋はあまり人にもらったものを処分できない性分や、まめでもない性格もあって、全体的に雑然とした印象だ。

「今日は大変やったな」

布団の上でその今日発売の週刊誌を眺める夏生に、智明は声をかける。

『佐用』と『柳井』についての記事そのものの扱いは小さい。夏生の話では、今日来ていた記者とカメラマンはこの週刊誌の記者ではなく、これを見て、さらに御家騒動を煽りたい別の社の人間、あるいはフリーに近いライターではないかという印象を受けた。

「御家騒動にせぇへんために、今の店はじめたのになぁ」

夏生は苦く笑った。そんな夏生の動機を初めて聞いた智明は、細面の青年の顔をじっと見る。

「智ちゃん、秀《ひで》ちゃんって覚えてる？」

ああ、と智明は応じる。

「久しぶり、懐かしい名前やなぁ。あの従兄弟の子やろ？　なっちゃんのいっこ上か？　俺のひとつ下やったと思たけど」

「そう、俺の従兄弟な」

「覚えてるよ、もう子供の頃のことやけど。何回か遊んだことあったな」

「遊んだな、お正月とか。史ちゃんも一緒になって。人生ゲームとか、トランプとか、ようやったし」

「わりに真面目で、あんまり喋らへんかったんちゃうっけ？」

「そう、真面目やねん。実直なタイプいうんやっけ？」

「ああ、昔もそんな感じやった」

「今はもう、ほとんど目ぇも合わせてくれへんけどなぁ。昔はそれなりに仲良かったのに」

夏生は寂しそうにつぶやいた。

秀夫が改名し、『佐用』の主《あるじ》は名前に代々「秀」の字がつく、その点、うちの秀正は最初から改名の必要もないから…、と言い出したあたりから、夏生も自分には店を任せるつもりはないのだと気づいたのだという。

「あれが決定打になっただけで、それまでも薄々気ぃついてはいたんや」

そうなん？…、と智明は横着で少し伸びた前髪をかき上げながら尋ねた。そんな智明を、夏生は髪伸びたな、と目を細めて見上げたあと、尋ねてくる。

「はっきり確かめたないことってあるやろ？」

漠然とした言いまわしに、智明は頷いてやる。

「まぁ、何でもずけずけ言うたらええってもんでもないしな」

夏生は笑った。

「なんかあの時、怖《こわ》ぁて覗きたない、闇《やみ》みたいなもんが見えた気ぃした」

「闇か、そらしんどいな」

「うん、きついなて思た」

夏生は薄く笑った。

「見んですむなら、見たなかったわ」

これまでほとんど聞くこともなかったが、おそらく、それが今の店を構えようという思いに至った夏生の本音で、あの二十歳前後の頃に見た生々しい人の欲なのだろう。

今、こうして何でもないことのように語る夏生が、それをここまで昇華させるのに十年の月日が必要だったこともわかる。

「でも、考えてみてぇな。俺、『佐用』継いでたら、多分、夏生の名前の夏の字を『秀』に変えて、秀生《ひでき》やで？　ちょっと微妙やない？」

「微妙かな？」

夏生の軽口に、智明は失笑した。

「そやな、微妙かもな」

「そやろ？　死んだ親父も、そのあたり、何考えて夏生なんて名前つけたんかなって」

「そら、夏に生まれたからやって、おじさん言うてはったやないか。それに夏生て、綺麗《きれい》な響きやし。ええ名前やと俺は思うけど」

智ちゃんらしい言いようやなぁ、と夏生は横顔で笑った。

「そやけど、男やで。この名前のせいで、喧嘩《けんか》した時とか、よう男女《おとこおんな》って言われた」

「なっちゃん、たいがい相手ぼこぼこにしてたやろ？　ほんま、気ぃ強かったんは昔からやな」

智明の軽口に、夏生も眼鏡の奥で目を細める。

「でも、俺的にヒデキはないわ」

「そうか？」

うん、そう、と夏生は頷く。

「だから、もう『佐用』のことはええかなって思てんねけど」

「ええんか？」

「うん、ええし」

膝の上の雑誌をかたわらに置く夏生に、智明はパジャマ代わりのTシャツとイージーパンツをチェストから取りだし、投げた。

「俺、今の『柳井』も、なっちゃんのスタンスもええと思うよ。そりゃ、人が生きてく上では、色んなしがらみもあるけどな」

「しがらみなぁ、あの取材も、雑誌に興味本位に取り上げられんのもかなぁ？」

めんどくさいなぁ…、と夏生は口許で小さく笑う。

「まぁ、あまり面倒や思たら、マスコミ宛てに今の自分の気持ちや、特に叔父さんに思うとこはない…みたいな、コメント出すのもええかもしれんで。なっちゃんとこ、HPもあるし」

「そうやなぁ」

やはりドロドロした人間関係に向き合わなければならないのは気が重いのか、夏生は立てた片膝を抱く。

智明が声をかけると、夏生はお先にごめん、と立ち上がった。

「なっちゃん、お風呂入っといで。気ぃも張ってんねんやろ、少しゆっくりお湯に浸かってみ」

夏生と入れ違いで風呂に入った智明が部屋に戻ると、夏生は風呂上がりに渡してやったお茶のマグをかたわらに、智明の高校時代のアルバムを開いていた。

なっちゃん…、と智明は呆れ顔となる。

「何見てんねや」

「いや、智ちゃんは高校の頃から大人っぽかったと思てたけど、こうやってみると若いなって」

「だって、その頃って今の歳の半分ぐらいやで。小僧やろ、小僧。尻の青い…」

勘弁してや、と智明は自分のベッドに腰かける。

「でも、俺の知らん写真とかけっこうあるなって。やっぱ、二年違いって大きいな。部活やってた時の智ちゃんは、それなりに知ってたつもりやったけど」

これ、修学旅行やろ、と夏生は智明が九州で友人らと悪乗りして撮った写真を指さす。

「もう、それは時効。アホな写真ばっかりやから、勘弁して」

「卒業アルバムのあのモノクロの写真は、イケてんのにな」

かっこよかったとつぶやいた夏生は、アルバムを本棚に戻しながら夏生を振り返る。

「店のヘルプで入ってくれてる宗ちゃんな、昔の将校さんみたいな男前やと思えへん？」

「ああ、わかる。白黒の写真にきっちり収まってそうな感じのな。白い詰め襟と白い帽子が似合いそうって、あれって海軍さんやっけ？　うちの母方のおじいちゃんが、あの制服着て遺影に収まってはる」

「遺影て、身も蓋もあらへん」

「いや、昔の将校さん言われて、一番先に思い出すのがあの写真やしな。俺が言うのもなんやけど、じいちゃん、わりに男前なんよ」

「そら、智ちゃんのおじいちゃんやしな。男前なんはわかるけど」

夏生は枕を抱えたまま笑ったあと、小さく息をついた。

「その宗ちゃんが、堺て遠いし、通いがきついから、前の日から泊めてくれへんかって言ってんねんけど」

「宗近君って、今、どれくらい通ってきてんの？　今のとこ、週に一、二回？」

「うん、一回かな。遠いのわかってるから、よっぽど仕事混んだ時は二回頼んだことは何度かあるけど」

手ぇまわらへんかってな、と夏生は言い訳のようにつけ足した。

「こっちで誰か雇うとかいうんは無理なん？」

「それも考えたけど、あんまりバイトバイトした素人《しろうと》店先に立たせるのもあれやし、お金も扱うから」

夏生の危惧《きぐ》はわからないでもない。扱う品が刃物なだけに、ひとつひとつの単価は大きい。すべての商品の売り上げをバーコードで管理しているような店ならとにかく、採用した学生バイトが何食わぬ顔で売り上げをくすねていたという話は、たまに聞かないでもない。

「そんなこんなもあって、これまで無理頼んでてんけど、今回の取材の件もあって明日も来てくれるって」

「明日も堺から？」

夏生は小さくいくらか頷き、そのまま布団の上にころりと横になる。

「うん、明日も…。まぁ、それで、明日はかまへんけど、これからこっち来る時には、うち泊めてもらえへんかて」

「ああ…」

なるほど、と智明は頷く。

「智ちゃんはかまへん？」

「かまへんて、なんで？」

とっさに夏生が浮かべた表情を見て、智明は自分の発言がひどく拙《まず》いものだったことを悟る。

だが、その表情は智明がフォローするよりも先に、あっという間に夏生の笑顔の陰にかき消えた。

「いや、そやな。あれぐらいガタイのデカい人間がいたほうが、用心もええわな。俺にとっては、兄弟子にもあたるし」

夏生の上げる笑いは、どこかかすかな溜息にも似た気がした。

夏生はそのまま眼鏡を外してしまうと、枕許に置いた。

「ごめんな、今日は色々気ぃ使てもろて。助かったわ」

ありがとう、おやすみ…、と夏生は布団の中に潜り込む。

気疲れしているのは本当なのだろうが、時計を見るとまだ十時半だった。普段、夏生が泊まりに来る時には映画を見たり、食堂で飲んだりしているので、ずいぶん早い。

「おやすみ」

まだついたままの部屋の灯りから、腕で目許を庇うようにして目を閉ざした夏生に声をかけ、智明は部屋の灯りを消してベッドに戻った。

さっき、夏生が浮かべた表情は何と表現したらいいのか。まるで智明の反応に驚いたような、失望したような…、智明は固めの髪を指先でかき混ぜる。

夏生は見た目は飄々としているようでいて、たまに智明が手を焼くほどに頑《かたく》なになることもある。色々相談を持ちかけてくれているようでいて、肝心なことに関してはひと言も口にしないことが、これまでも幾度かあった。

そんな時の夏生には、何を問いただしても無駄だ。言わないと決めたら、テコでも言わない。

ならば…、と智明は思った。

宗近を泊めるなとでも言ってやればよかったのか、どこかホテルでも取って、そこに寝泊まりさせてやれとでも言えばよかったか。

正直なところを言うと、あの愛想のないぶっきらぼうな男が夏生の家に泊まるのはあまり面白くないことは確かだ。かといって、毎回ホテルを取ってやればというのは現実的でもないし、角も立つ。角が立つからこそ…、そこまで考え、智明はベッドの上で目を閉ざした。

結局、あそこで何を言ったとしても、自分は夏生の納得するような気の利いた答えはできなかった気がする…、と。

VI

翌日は昨日の記者に加えて、さらにもう一社、別の女性週刊誌の記者が店に現れた。取材申し込みという名の電話は三社、それ以外にも得体の知れないライターなどから取材と称する電話や中傷メールなどがいくつもきて、夏生をうんざりさせた。

「宗ちゃん」

週刊誌の記事を読んだのだが、あんたは叔父さんに受けた恩を忘れ、古くから名の通った『佐用』の名を汚してる…、という中傷なのだか、説教なのだかよくわからない絡み電話を切った夏生は、案じ顔を向けてくる宗近を呼んだ。

「ちょっとほとぼり冷めるまで、店休もうかと思てんねけど、どう？」

辟易《へきえき》した夏生の声に、宗近は眉をひそめた。

「休むて、いつまでです？」

「そやね、こんなアホみたいな電話がかかってきぃひんようになるまで。HPの方に、一応、うちの店の見解みたいなコメントは載せようと思てるけど。表には『都合により休みます』みたいに書くしかないわなぁ」

「夏生さんが休みたいなら、そうした方がええと思うけど。実際、朝からの電話で仕事にならへんし」

商品を買いもせず、ただ冷やかしなのか店を外からじろじろ見にだけやってくる客も、今日は朝から妙に多い。おそらく名の通った『佐用』と、見比べにやってきたというところだろうか。有名誌とはいえ、ほんの数行程度の記事に、皆よくそこまで目を通しているものだと思う。

うちでこれなら、『佐用』はなおのこと大変で、叔父が頭に血を上らせていることだろうと、夏生は知らず眉を寄せる。別に今さら和解できるとも思っていないが、ことをこれ以上こじれさせたいわけでもない。いらぬ風評被害もある。

「店閉めてても、しばらくはネット通販とかもできるし」

言いながらも、夏生はさすがに店に来ないことには商品の梱包や発送もままならないだろうとは思っていた。家の方もあいかわらずマスコミがやってきているし、おちおち家で作業もしていられないだろう。

「俺もここんとこ、休みなしやったし…、どっか山ごもりでもしてこよかな」

電話を留守番電話に設定し、夏生がぼやくと、少し間をおいて宗近が口を開いた。

「…うち、来ますか？　ひと部屋ぐらいやったら、空けられますよ。兄貴もおれへんし」

「いや、師匠に心配や迷惑かけんのもあれやし」

「むしろ、親父はうち来てたほうが安心するとは思うけど」

確かに宗近の言う通り、まだ堺で宗義の仕事場に顔を出していた方が、宗義は安心するのだろうが…、と夏生は力のこもらない声でつぶやく。

「…そやな、一週間ぐらい堺行かせてもらおうかな」

「親父はまったく問題ないから。昨日も心配してたぐらいやし」

完全にタメ口となっている宗近を、夏生は見上げた。

「まぁ、そんなこんなで、ごめん。五月はちょっと休みにしてくれる？」

勝手言って申し訳ないと、夏生は頭を下げる。

「それはかまへんのですけど、きつかったら何でも言ってください。多少の気晴らしにはなるかもしれへんし」

別の意味で熱のこもった宗近の言葉に、夏生は曖昧に笑った。

Ⅶ

六月も下旬、梅雨の合間でずいぶん湿度の高い、蒸し暑い晩だった。

その日の午後の診察を終え、手を洗った智明が食堂へと入ってゆくと、兄の史治が先に食事をしていた。

「あれ？　来てたん？」

五つ上の史治は、妻の実家から北白川《きたしらかわ》に土地を用意され、父の存命時からさっさとそこに家を建てて住んでいる。

史治は基本的にドライな性格で、医学部に入る前から、今さらこんな古臭い建物で町医者などやりたくないと断言していたリアリストだ。確かにこの綾部医院は、母屋も病院部分も登録有形文化財に指定されているため、そう簡単には建物そのものを建て替えできない。

しかも、そんな面倒な条件がつくため、売却もそうそう簡単にはできない。現実主義者である史治が敬遠するのも無理はない。建物の維持にかかるコストなどを考えると、こんなところに住み続けるのは、到底割に合わないと昔からこぼしていた。

「おう、先に飯《めし》食ってるぞ」

手術で昼食が飛んだのだと、史治は魚の煮つけを口に運ぶ。

「あれ？　裕美《ひろみ》さんは？」

智明は兄嫁の姿がないのを不思議に思って尋ねる。

「今日は向こうのお義父《とう》さんが、子供連れて蛍見に行くからって。丹波《たんば》やったかな？　あっちの方まで一緒に行ってる。どうせ、飯食ってくるやろうしな」

「ああ、それで」

和子の顔を見がてら、夕食を取りに帰ってきたのかと、智明は台所に自分の分のご飯をよそいに行く。

薄情なように見えて、史治は北白川に家を建てる時に両親用のバリアフリーの部屋をちゃんと用意しており、今もその部屋を母のために空けていることは知っている。

史治の場合は、別に家族のことを考えていないわけではない。ただ、すべてひとりで決めてしまって、家族に相談がないだけの話だということもよくわかっている。

兄がこちらの意見を聞かないのは、やはり五つの年齢差のために、智明がいつまでも子供っぽく頼りなく見えるからだろうとも思っていた。

「それでお前」

智明が茶碗を手に食堂に戻ると、史治は前置きもなく切り出した。

「今、誰かつきあってる相手って、いるんか？」

「いや、…何で？」

いきなり何だと智明は訝しむ。もともと兄とは歳も五つ離れている分、感覚的にも少し遠い。

こういう話をあけすけに話す仲ではない。

ちょっと史治、と母が兄を諌《いさ》めた。

「話には段取りいうんがあるでしょうが」

「いや、こんな話、もってまわっても時間かかるだけやから」

ええって、と合理性を美徳とするせっかちな性分の史治は、テーブルの端に置いていた大きめの封筒を三つほど手渡してくる。

「何、これ？」

「釣書《つりがき》や。誰かこれっていう相手がいるんなら、早めに言え。そうやないんやったら、一度会《お》うてみるのもええやろ？　どの子もレベル高いしな」

「何？　もう、中見たん？」

「そりゃ、一応、持ってくる前に中はチェックするやろ？　お義父さんからの話やし。渡された時点で、向こうの家で一緒に見てるって」

「…っていうか、こういうの持ってくるなら、最初にひと言ないか？」

先を急ぐ合理主義もいい加減にしておけと、智明は呆れた。

「それにまだ、俺、結婚はなぁ…」

「でも、俺、お前の歳にはもう子供いたぞ」

「ああ、そやっけ？　少子化社会にええことやね」

へぇ、と言いかけたところを脇から小突《こづ》かれる。

「何、他人事《ひとごと》みたいな顔してるんや。とりあえず見ろよ」

「なんでそんなに急《せ》くん？　犬や猫番《つが》わせんのと違うんやから。まがりなりにも、一生の伴侶やろ？」

お前な、と史治は指を突きつけてくる。

「いつまでも自分がええ男風でいられると思うなよ。男も三十五超えたら、髪は薄なるわ、腹は出てくるわであっというまにぱっとせぇへん中年になるんや。俺の同僚みたいに、その頃になって若い女の子がええ、結婚して子供産むんやったら二十代やないと…みたいな寝とぼけたこと言うても、そうは簡単にいかへんねんぞ」

「いや、その歳になったら自業自得やと思うから、歳相応の相手選ぶよ。そんな図々しいこと言えへんって」

「お前なぁ、俺の親切を…」

目を伏せる智明に、食ってかかった史治はそこで真顔となった。

「何？　まさかお前…、なっちゃんより先に結婚は…って、まだ本気で思ってるんか？」

智明は苦笑する。

「俺、そんな話、兄貴にしたことあったっけ？」

「なんか前、大学病院にいた頃やったか？　なっちゃんが堺行った頃やったかに、そんなややこしいこと言ってたやろ」

史治にそんな込み入ったことを話した記憶もないので、母にぽつりと洩らしたのを兄が耳敏く聞いていたのか、和子が聞いた話を洩らしたのか。言いまわしも少し違う。罪悪感よりも何よりも、とにかく行く末も定まらない夏生が不憫《ふびん》で心配でならなかった。

当時つきあっていた彼女が、自分よりも夏生を気にかけるのを和子に愚痴混じりにこぼし、和子がそれとなく伝えてくれた時だったか、もうよく覚えていない。

人の話など聞いていないようでいて、たまにこの兄が勘よく、昔の些細《ささい》な話も細かく覚えていたりするのは、この家を建てた祖父に似ているのかもしれない。それとも持ち前の長男気質なのだろうか。

「まぁ、なっちゃんは確かにちょっと気の毒っていうか、実家の件も含めて、運のないとこあるけど、それはお前のせいやないやろ？」

「別に、俺のせいっていうつもりもないけど」

智明はいつもよりさらに低くくぐもった声で答える。

「言うちゃなんやけど、運がないよなぁ、あの子も。この間も、週刊誌沙汰にされたんやろ？」

幼馴染みとはいえ、夏生は史治にとっては七つも下となるせいか、史治の見方はどこか冷めたものだ。半ばは他人事のようにも聞こえると、智明は目を伏せた。運がないのは確かだろうが、懸命に生きようと足掻《あが》く夏生を知っているだけに、智明にはそこまで突きはなした考え方は出来ない。

今も週刊誌に取りざたされたことによって、夏生は二週間ほど店を閉めて堺の方へと行ってしまった。しばらくはウィークリーマンションにいるとは言っていたが、その間の収入は途絶えるし、出費はかさむしで、ずいぶんな負担だっただろう。

ようやくほとぼりが冷めたと、先週戻ってきて店を開けたばかりだ。二年目にして店が軌道に乗ってきたところに、あんな風評被害は痛い。

「お父さん倒れて、叔父さんがサポートしはるて聞いた時は不幸中の幸いやったなて思たけど、まぁ、向こうの叔父さんにしたら、自分にまわってくるて思てなかった十九代目の椅子がまわってきたんやから、そら離したないわな。あの時はイヤラシいオッサンや思てたけど、この歳になると、まぁ、その叔父さんの気持ちもわからんことないっていうか、ずっと専務のままで終わるて思てたところに棚ぼたやったんやろなって」

確かに史治の言葉ではないが、夏生の叔父の気持ちもわからないではない。

おそらく夏生もそのあたりを理解しているだけに、この間言ってたように事を荒立てまいと自分で店を起こしたのだろう。

それを当てつけがましいと向こうが怒ったというのは、さすがに狭量だと思う。

「向こう、息子もいるんやろ？　なっちゃんとたいして歳の変わらへん」

「向こうの従兄弟の方が、ひとつ上や」

智明がぼそりと答えると、史治は漬け物を小皿に取りながら小さく肩をすくめる。

「そら、渡さへんよ、よっぽど人間出来てへんかったら。まぁ、自分の息子に跡取らすかな」

だからこそ、よけいに夏生にするとやりきれないのだろう。多感な年頃にまざまざと見せつけられた親族の情の薄さ、親切面《づら》を見せた身内の人間に対する失望、それまで見たこともなかったあからさまな大人の欲とエゴ、そんなものもあわせて夏生が身の内に抱える諦念《ていねん》が時折透けて見えるようで、横にいると智明までやりきれないことがある。

「でも、そやからって、あの子はあの子。お前はお前やからな。確かにお前は事故の時に一緒に居合わせてるから、よけいに罪悪感みたいなんもあるかもしれへんけど。そういうのはどっかで割り切らんと。あの子かて、いつまでも子供やないんやから」

「子供の頃の智明やないけど、夏生ちゃんが女の子やったら、うちにお嫁に来てもろて、それでめでたしめでたしいう話やろけどねぇ」

男の子なだけにそうもいかへんわねぇ、と小さく溜息をつく和子に史治は呆れ声を出す。

「いや、お母さん、もともとなっちゃんが女の子やったら、お父さん亡くなった時点で、向こうの叔父さんに家督も移ったし、お父さん、はよ亡くさはって気の毒やなぁ、で話もあっさりすんでんねんって」

「そら、そうやろうけど」

だが、別に自分は女の子の夏生を望んでいるわけではない。お嫁に欲しいと言ったのは、単なる独占欲によるものだ。

子供の頃の無邪気に自分を慕ってくれた頭のいい夏生も、立て続けに起こった不幸の中でほとんど弱音を吐くこともなく懸命に足掻き続けた夏生も、そして今、内側に智明にもけして打ち明けないものを抱えたまま、これまで通りの幼馴染みの顔で暮らす夏生も、ずっとひとりの夏生であって、誰か別の人間で替えのきく存在ではない。

ただ、お嫁においでと言って簡単に助けてやれる存在ならば、もっとはるかに夏生を楽にしてやれただろうにとは思っている。それとも、自分の考えはあまりに無責任過ぎるだろうか。

「逆にあの当時としては、手術に関しては最善を尽くしてるよ。お前も、事故の時のレントゲンとか見たんやろ？」

「見てる」

かつて智明が京大附属病院にいた頃、外科に配属されて一番初めに見たのは、夏生のカルテや事故当時のレントゲンやCT写真だった。

「やったら、納得もしてるやろ？　脚潰れてグチャグチャやったやないか。あの事故でうちの病院に搬送されたのもラッキーやったし、すぐに手術にも取りかかってる。術後の経過もよくて、合併症もない。あれが下手《へた》な病院まわされてたら、あの子、出血多量で命もなかったで。命あっても、脚ごと切断とかな」

「それもわかってる」

あの時確かに自分は、道路に投げ出された夏生を見て、夏生は死んだのだと思った。それほどに酷《ひど》い事故だった。

「そりゃ、あの後、もう何回か手術出来てれば、今の足引いて歩いてんのもなかったやろけどな」

夏生を轢《ひ》いた相手は無保険の大型ダンプだった。今もまだ、よくあんなトラックに轢かれて死ななかったものだと思うが、それは夏生にとってよかったのか、悪かったのか。

命があってよかった、脚を切断せずにすんでよかった、夏生は運がよかったのだとは安易に言いがたい理由が、智明にはある。

自賠責の治療費の上限は低い。むろん、最初の入院だけで治療費の上限は超えてしまい、残りの治療費を負担すると言っていた相手の運転手は失踪と、夏生の家にとっては散々な結果だった。その後は夏生の父親の闘病や母親の死もあり、結局、夏生はその何回かの手術を受けないまま、今に至る。

夏生にとってはあの左脚は長くコンプレックスであり、就職の際にもかなり妨げとなっていたようだが、障害の等級としては低く、年金の対象にもならない。

「あの縫合跡とかは形成外科の対象にはできるけど、男やし、スカートはく女の子と違《ちご》て、普段から見える場所でもないしな」

形成手術は数回勧めてみたことはあるが、仕事があるからと夏生は首を縦に振らなかった。実際、社会人になってしまえば、その手術入院のために何日も仕事を休むのは難しいことはわかる。特に夏生のような自営業となってしまえばなおのこと、何日も店を閉めるわけにはいかない。

また、傷の程度が酷いために形成手術に健康保険は使えるものの、自己負担分は自腹だ。店を立ち上げてまだ二年、傷みの進んだ家を直す資金もほとんどないという夏生に、手術を強《し》いるのも気が引ける。

夏生ももっと資金や時間的な余裕があれば、多分、自分から手術について尋ねてくるだろう。

そうすれば、夏生のコンプレックスも軽くなるだろうか。

「親父さんの件もあったし。ほんまにああいうのって…、まぁ、巡り合わせが悪いんやなぁ」

言いかけた史治の話は、今年厄年だという同僚へと移る。基本的によく喋る男だ。その分、昔から智明は普段はそう話す方ではないと言われていた。

史治の言うような巡り合わせが悪いという言葉だけですませたくないのが、夏生なのだが…、と智明は目を伏せた。

三章

Ⅰ

店の扉が開くと、外のむっとするような湿度が共に入ってくる。

「あら、中は涼しいわー」

「ほんと、外は歩いてるだけで汗が噴き出すもの。ほっとするわねぇ」

賑やかな声が上がり、中年の女性客が三人ほど連れ立って入ってくるのに、夏生は声をかけた。

「いらっしゃいませ」

もともと店の主客は若い男性層だったが、最近は女性客もそれなりに増えている。

ただ、若い層ではなく、前に掲載されたのが高級路線の婦人向け生活誌だったためか、男性客とは異なって金まわりのよさそうな年配の女性客が多い。

「ねぇ、庖丁、見せてもらえるかしら？」

カウンターのショーケースを覗き込んでくる女性のイントネーションから、観光客だとわかる。

「承知しました、どんな庖丁をお探しですか？」

庖丁ひとつとっても細かなこだわりのある男性客とは異なり、女性客の場合は料理好きで牛刀、菜切り庖丁、出刃庖丁、刺身庖丁といくつかの庖丁を使い分けているタイプと、何もかもをひとつの庖丁ですませるというタイプの二極端に分かれる。

後者で『柳井』にやってくる人間は、たいていは雑誌に取り上げられるような有名ブランド、老舗ブランドが好きというだけで、庖丁そのものにはこだわりがないという人間がほとんどだ。

「そうね、一番よく使う形の使いやすいのがいいの」

「ご家庭用で一般的なものは、三徳庖丁になりますね」

この相手は多分後者だろうと、夏生はカウンター内の三徳庖丁のコーナーを示す。

「あら、やっぱりここもいっぱい種類があるわねぇ。庖丁だけで、こんなに。やっぱり専門店は違うわねぇ」

おそらく、庖丁はこれまでスーパーの台所用品コーナーで購入していたのだろう。

「素材は鋼《はがね》とステンレスに鋼を挟み込んだ物とがありますが、このステンレスを使ったものの方が、ご家庭では扱いやすいかと思います」

「あら、やっぱり違うの？」

「鋼はどうしても錆《さび》が出やすいので。その分、お手入れに手間がかかりますね。それが苦にならない方は、やはり鋼の方が切れ味はいいので、鋼の庖丁を選ばれます」

「あー、じゃあ、やっぱりステンレスかしら？　家で庖丁なんか、研がないものね」

確かに研ぎそうにもないタイプだな、と夏生は苦笑する。

「刃渡りはどうしましょう？　女性でしたら、だいたいこちらの十八センチ、長くても二十センチぐらいまでの物を使われる方が多いですが」

「そうねぇ、そんなに大きくてもねぇ。一度、持たせてもらっていいかしら？」

夏生は刃の部分だけ鋼を使ったものを三本、カウンターの上に並べて出した。

「ねぇ、本当に切れそうねぇ。あなた、これを東京まで持って帰るの？」

「せっかく京都にまで来たんだから、私にご褒美よ」

わいわいと女性客らは遠慮もなく笑い声を上げる。

そして、庖丁を選んでいた大ぶりなイヤリングをつけた女性客が、ねぇ、と夏生に声をかけてきた。

「どうなのかしら？　これって、やっぱり『佐用』さんの方が、物がいいのかしら？　ほら、こっちって暖簾分けみたいな形になるんでしょ？　違うの？　向こうが本家？」

この客もあの雑誌記事を知って、ついでにこっちにも足を運んだ口かと夏生は少しうんざりする。ここまで無神経な質問はそう多くはないが、好奇心の冷やかし半分で足を運んでくる人間は、店を再開してからも多い。

むしろ、ネットでいまだに取りざたされているらしく、売り上げに直結しない客がやたらと増えた。

「あちらもうちも、堺の刃物鍛冶と取引があるのは一緒ですが、どちらかというと店の品物の違いではなく、お選びいただく商品によって品質が違うかと思います。台所用庖丁は、『佐用』の方が種類が多いですし」

　プロ用の数万円以上もする専門的な刃物と、扱いのたやすいステンレスと鋼の庖丁とでは、物が違うのは当たり前だ。それに『佐用』は庖丁専門店であって、夏生の方は作業用の小刀や刃物から、サバイバル用ナイフ、もっと専門的な職業用刃物などのオーダーも積極的に受ける刃物専門店だ。

　そのあたりはあえて扱う物が被らないように、意図的に店の品も選んでいる。

「じゃあ、やっぱり『佐用』の方も見てみようかしら」

　さっきは観光客でいっぱいで店に入れなかったのよ、と遠慮のない女性客らは結局、庖丁を買わないまま出ていってしまう。

　夏生が溜息をつきながら庖丁をショーケースの中に戻していると、電話が鳴った。

『お仕事中にすみません、宗近です』

　名乗ったのは、夏生が先月から店のヘルプを断っている宗近だった。

「ああ、お疲れさん。どうしたん？」

　店を閉めている間は、堺でウィークリーマンションを借りて、宗義の仕事場にしばらく顔を出させてもらっていた。よければうちに来いと宗義が声をかけてくれたためだ。

　別に気晴らしに旅行に行ってもよかったが、もともと夏生はあまり慣れない場所にひとりで行くことを好まない。

『今、お客さんとかは？』

「ひやかしのおばちゃんが三人。『佐用』に行く言うて、出ていかはったとこや」

アホらし、と夏生は電話の子機を顎に挟んだまま、肩をすくめる。

どこに行くと言わずに、もう少し考えるとでも言っておけばいいものを、どうしてあえて『佐用』の名前を出したり、向こうの方が品物がいいのかと尋ねたりするのかはわからない。

『お店、混んでるんやないかと思て。昨日、連れが店の前通った時、かなり人入ってて立て込んでたって言うてたから』

「半分は冷やかしやで」

友人《つれ》が前を通ったというのは、このあたりに来る友人に店の様子を見てくるようにでも頼んだのか、それとも純粋に宗近がいるだろうかと覗いてくれたのか。

『でも、客あしらうのにも人いるんと違いますか？　あの後、どこかまた妙な取材とか来てません？』

「電話とメールはあったけど、まぁ、他はないかな」

『ちょっと親父に替わります』

「え、師匠いはんの？」

本来なら仕事中の妙な時間に電話を寄越すとは思ったが、どうやら仕事場からかけているらしい。休憩中か何かだろうかと思いかけたところで、しわがれた声の宗義が電話口に出てくる。

『そっち、どうや？　ちゃんと手ぇまわってんのか？　ネット通販の方は、発送が少し遅れるいうて書いたるらしいけど』

ネットなど見ない宗義にそんなことまで報告したのは、宗近だろうと夏生は目を伏せる。確かに店を休んでいた分と冷やかし客が増えた分、発送作業は遅れている。

『今、倒れたら、せっかく開けた店、また閉めんなんやろが。とりあえず、明日と明後日、宗近手伝いに行かせるから、なんなと使え』

それだけ言うと、宗義は宗近と替わってしまう。そんな乱暴な言い方もあるものかとは思うが、二日も宗近に来てもらえばかなり作業は捗る。

『じゃあ、明日、明後日と行きますから』

宗義まで巻き込んで宗近に直談判され、夏生はやむなく頼むことにする。

「ごめん、どこかホテルでも取るわ。今、家片付けてる暇ないし」

『いや、二日くらい通いますし、ホテル取るんやったら自分で適当に探します』

「もし、ホテル取るんやったら、あとで値段言って。経費は出すから」

『わかりました』

それだけ言って、宗近は電話を切った。

あの言い方なら、今からビジネスホテルでも探すのだろう。宗近の性格なら、ホテル代は自分で負担するするつもりなのだろうが、それはさすがに払いたい。

むしろ、本当のところを言うと、これから先もビジネスライクにホテル代を出してすませてしまいたいところだが…、と夏生は子機を置きながら、眼鏡の奥の目を伏せる。

五月に店を閉めたのは、むろん、あの週刊誌に御家騒動のひとつとして取り上げられたことが理由だが、同時に夏生の家に前泊させてもらえないかという宗近の頼みも、一因ではあった。

御賜《おた》めなどと言って適当にはぐらかしてしまったが、バレンタインに打ち出しのスプーンを贈られた時から、宗近が自分に寄せる気持ちには気づいていた。むしろ、その前から薄々、自分に向けられる宗近の視線には熱っぽさを感じていたともいえる。

それもあって、店の再開時にはしばらく様子を見るからと、宗近のヘルプを断ってもいた。興味本位で押しかけるマスコミや客への対応に追われており、宗近の自分に向ける想いをかわす気力がなかった。

しかし、明日はとにかく、宗近に再び手伝いに来てもらう以上は、さすがにまったく家に泊めないというわけにもいかないだろう。

女の子でもないし、家に入れたからすぐに押し倒されるというような羽目にはならないだろうが、なんとなく自分のテリトリーには入れたくない。宗近が嫌いだというわけではなく、一度入れてしまえば、きっぱりした線を引きづらいためだ。

智明に宗近を泊めるのはかまわないかと尋ねた時、なんで、と尋ね返されてしまってはいるが…、と夏生はあれ以来、どことなくギクシャクしたような自分達の関係を思う。

しかも、ギクシャクしているのは夏生だけで、智明は普段と変わりないのが、なおのこと恨めしい。恨めしいなどと思うこと自体が女々しい発想かもしれないが、あの時、自分は智明の何らかのリアクションを期待していたのだろう。

それが外れてここで腐っている自分は…、と夏生は発注伝票を引き寄せた。

「アホらし」

夏生は再度つぶやくと、ペンを取り上げた。

II

七月も上旬の定休日、これ以上先延ばしにしても仕方がないと、夏生は宗近を泊められるよう家の中を掃除しようと、昼食後、風通しのために玄関を開けた。

その瞬間、足許にさっと外から走り込んでくるものがある。

「うわ…！」

思わず声を上げた夏生は、玄関の三和土から台所を通って、裏庭へと続く走り庭をダーッと走りこんでゆく一部に白さを持つ黒い影を振り返る。

手足の先の白さが、表の明るさに眩んだ夏生の目に残像となって筋のように残る。

「あいつっ、ハチワレっ！」

不意を突いて走り込んだ闖入者《ちんにゅうしゃ》の影に向かい叫ぶ夏生に、表から声が聞こえる。

「いやぁ…、あの猫、柳井さんとこの前でジーッと座ってると思たら…」

振り返ると、通りを挟んで苦笑しているのは、智明の医院の看護師のひとりだった。

「ねぇ？」

「え？　待ってたんですか？　ここで？」

夏生は頭のてっぺんから抜けるような妙な声を出してしまう。

「そう、じっと座ってるなぁと思て、ちょっとさっき声かけてみてんけど、こっちには見向きもせぇへんのよ。それで、今の猫、大丈夫なん？」

家ん中、勝手に入ってってったけど…、と看護師は夏生の家を指差す。

「あっ、すみません、あいつっ」

夏生は看護師に一礼すると、猫を追って走り庭を急ぎ足で抜ける。

「あれ？　どっか抜けたか？　まさか、うちん中、上がってへんやろなぁ」

裏庭を覗きに行ったが、そちらはまだガラス戸を開けていない。台所から夏生が下りてきた奥座敷へのガラス障子は開いているが、庭に面したガラス戸も開いてない。

「…やっぱり、うちん中か？」

夏生は二階まで吹き抜けになった走り庭を見上げ、外猫に家の中まで入り込まれたのは初めてだと、座敷へ上がって一階を見てまわる。奥の座敷庭や隣家との壁の上などに、どこからか入り込んだ猫がいたことはあるが、いきなり家の中に走り込んできた猫は初めてだ。

「なんでぇ…？　おーい、どこ行った？」

何かよけいな真似をしてくれなければいいが、と困惑しながら一階を見てまわった夏生が二階に続く階段を見上げた時だった。

「なっちゃん？」

こんにちはぁ、と玄関から呼びかけてくる者がいる。低音だが、いかにも京男らしいふんわりとした挨拶は智明の声だ。

夏生が玄関へ戻ると、白衣を脱いだばかりの智明がネクタイをゆるめながら立っていた。

「なんや、ナツキが…、いや、あのタキシード猫がなっちゃんちに駆け込んでったって、三上《みかみ》さんから聞いて」

あいかわらず、あのハチワレを自分の名前で呼んでいるのかと半ばは呆れながら、夏生は頷く。三上というのは、さっきの看護師だろう。智明は午前の診察が終わったばかりだろうか。

「さっき、玄関開けたら、外から走り込んできて。裏には抜けてへんやろから、うちん中にいると思うけど…」

「なっちゃんにはえらい慣れたもんやなぁ。一足飛びにお宅訪問か、うちにも来たことないのに」

のんびりした智明の言い分に、夏生は溜息をつく。

「二階にいるんちゃうかな？　荒らしてくれてへんとええけど」

牡猫だと、家の中で粗相でもされたら凄まじい臭いになると、夏生は眉を寄せる。

「見てみよか？　上がってええ？」

どうやら智明は、猫の回収に来てくれたらしい。階段を夏生に先だって上がった智明は、二階の上がり口の納戸から引っ張り出してあった掃除機を目敏く見つけた。

「何？　掃除中？」

「うん、宗ちゃん泊めんのに、とりあえず掃除しとくかと思て」

「ああ、この間言ってた？　俺、午後からオフやし、なんか手伝おか？」

とっさに夏生は智明の顔を窺い見たが、自分より背の高い男は襖を開け放った奥の部屋を見ており、その表情はすぐには見えなかった。

親切な申し出はいかにも智明らしいが、ここで手伝ってもらっていいのかどうかも迷う。

「そら、助かるけど…」

宗近を泊める夏生の躊躇《ちゅうちょ》は、やはり今ひとつ伝わっていないようだと夏生は口ごもる。

「奥の部屋、見てええ？」

「うん、どこ入り込んだんやか。物好きな…」

ぼやく夏生に先立ち、ナツキと呼びながら智明は手前の部屋を見て、さらには夏生の部屋を覗く。あの図々しい猫が、ナツキと自分の名前で呼ばれるのは微妙な気持ちだ。

「ああ、ここにいたんか。なっちゃんの部屋にいるわ。一応、どこの部屋も荒らされてへんみたいやけど」

智明の言葉通り、夏生の部屋までちゃっかりと入り込んだハチワレは物怖じした様子もなく、ベッドの横でゆらりゆらりと尻尾を振っている。

すらりとした全身黒の体軀に額から鼻先、首まわりと腹部、手足の先だけが白で、あいかわらずどこかタキシードをまとったように気取って見える猫だ。

夏生は慌てて自分の部屋や二階の部屋を見てみたが、確かに荒らされたりマーキングされたりはしていないようだった。

「なんや、探検してたんか？　気ぃすんだか？」

智明が声をかけるのに、ハチワレはナァ…、と甘え声を出す。

「お前、お呼ばれしてへんのに、勝手に上がったらあかんやろ？　もう帰り」

まるで智明の言葉がわかるかのように、ハチワレはトトトッと智明の足許へ来ると、くるりとその足許をまわり、男の顔を見上げてさらに小さく鳴くと、トトトッ…と部屋を走り出て階段を下りていった。

それを追って階段の上から猫の行方を見ていた智明は笑う。

「よし、ちゃんと外出てったな」

「何、あいつ。猫って、勝手に人んとこ入って来んの？」

「さぁ、好奇心強いんかな？　頭は悪ないと思うねんけど」

智明の言い分に、猫に振り回された夏生は顔をしかめる。

「とりあえず、玄関閉めてくるわ。どこから手伝えばええん？」

長身の智明は、まったく悪意もなさそうに夏生を振り返る。

「あー…、とりあえず水回りと、泊まってもらう二階の表の部屋とはきれいにしようと思てるけど。あと、奥座敷かな。布団も干しときたいし」

結局、色々片付けんなあかんと指を折る夏生に、智明はひとつ頷いた。

「わかった、とりあえず布団干しからはじめよか？　それと水回りは俺やるし、なっちゃんは奥座敷と泊まってもらう部屋とを掃除しとき。夕方にもう少し涼しなったら、庭もやろか」

あまりに気安く請け合ってくれる智明に、内心少し気落ちしながら、夏生は頷いた。

III

朝、いつものように朝刊を取りに出た智明が、今日、宗近が泊まるので、一緒に夕飯にでも行かないかと夏生に誘われたのは、七月も頭のことだった。

暑いしなぁ、夏バテする前に焼肉でも行こか、というのが朝の夏生の言い分だった。

手首を骨折した小学生の腕にギプスを巻きながら、智明は少し襟ぐりの開いた夏生のポートネックの半袖シャツから、鎖骨が覗いていたことを思い出していた。

処置後に手を洗って少年を送り出したあと、両袖にどっしりとした引き出しのある、祖父の代から使い込まれた机でパソコンに処置内容を入力する。

その後、智明は五十代のよく慣れた女性看護師を振り返った。

「次の患者さん、お願いします」

「いやですよ、先生。今の子で最後やて、さっき、お声かけましたけど。ギプスは時間かかるから、少し順番変えてもらえて言うてはったでしょう？」

「ああ、言いましたっけ？」

「先生、お疲れとちがいますか？　今日はこれで終わりですから、ゆっくりなさってください」

まだ夏バテには早いですよと声をかけられ、智明は苦笑しながら診察室を出る。

時計を見ると、診察時間の七時を十五分ほど過ぎている。店の場所をメールで送っておくと言われたが…、とメールをチェックすると、七時半から予約を入れたと連絡が入っていた。今から行けば、少し遅れるぐらいだろうか。

十分ほど遅れるから、はじめておいてくれとメールを送った智明は、あまり気の進まないまま白衣を脱ぎ、カジュアルなVネックシャツとデニムに着替えた。あらかじめ夕食はいらないと断っていた母に声をかけ、家を出る。

そして、今朝、夏生に誘われた時、焼肉そのものよりも、むしろあまり日に焼けていない鎖骨をどこか危ういように見たことを思い出した。

もともと涼しい気配を持った夏生は、逆にそれが高じて温度の低いひやりとした色香になっている気がする。中学、高校の頃はそうも思わなかったが、大人になって精神的なバランスなどもあるのだろう。そこそこしたたかなくせに、時々妙に不安定な危うさ、ふと手を差し伸べたくなるような隙が垣間見えることがある。

頭のいい分、怪我をして以降、以前のように智明に甘えてくる面と共にどこかシニカルな一面が共存するようになって、それが危うく見えるのだろうか。

一方で、そこに惹かれる相手も多いのもわかる。

言うてもな、だんだんつきあううちに色んなことが面倒になってくる相手が多いんやて…、と夏生が前に薄く笑ったことがあるが、確かに夏生に惹かれても、左脚をわずかに引きずる障害はその後の交際に影を落とすようだ。

もっとまともな彼氏連れてこい、こっちが送らなあかんような相手でどないすんねんて、家まで送ってった相手の親に言われたこともあんねんで、と口許で小さく笑う夏生は、いったい自分の中でどれだけのものを乗り越えてきたのだろうか。

むろん、夏生のプライドもあるのだろう。普段はそんな気配はおくびにも出さないが、時折、投げやりで危なっかしく、放っておけない。

そんなことを考えているうち、指定された店に着く。中へ入ってゆくと、すでに夏生とガタイのいい男が座っている。何を食ったら、こんなにデカくなるのかねぇ、と自分も母親に見通しが悪いと言われている智明は、遅れた詫びを言いながらテーブルに着いた。

「お腹減ってるやろに、遅れてごめんな」

夏生の隣に座った智明は、自分よりも体格のいい宗近に声をかける。

「いえ、今日はよろしくお願いします」

師弟関係の厳しい職人界にいるせいか、もともと体育会系の運動部にいたためなのか、宗近はそれなりに丁寧に頭を下げてみせた。

ただ、智明を見る視線にいくらか反感らしきものがあるのは、正面に座るとまともに伝わってくる。夏生の店をたまに覗いた時、とにかくぶっきらぼうなタイプで愛想は期待できないと思っていたが、前に座ってみると自分を見る宗近の視線に少しずつの間《ま》がある。

時間にして一秒にも満たないわずかなものだが、それが何回か重なると智明に対する苦手意識というよりは、むしろ反感によるものだとわかる。

「智ちゃんがこの間、ずいぶん家の掃除手伝ってくれたから、なんとか泊まってもらえるようになったわ。そやから、今日はお礼も兼ねて、肉奢らせてもらおうと思て」

対して、智明の働きを紹介する夏生は、二人でいる時よりもテンションが高い。これもいくらか宗近に対する意識や、この場を盛り上げようという意識が働いてのことだろう。

「お仕事あんのに、すみません。お医者さんやて聞いてますけど」

「なっちゃんは勤務医と違《ちご》て、開業医さんやからなぁ。附属病院にいた時は、ほんま、忙しかったよな？」

「今、暇みたいな言い方やな」

酷い話や、と智明が笑って責めると、いや、と夏生は普段より屈託なく見える笑みをみせる。

「おばさん、ほんまに寝る暇もないみたいやて心配してはったし。それは史ちゃんも一緒かな？夜勤とかキツいんやんな？」

自分の前では見せない、いくらか作った明るい笑いに、夏生の中の一本張ったものを意識する。この場に対する構えなのか、それとも宗近が夏生に寄せる感情に対する警戒なのか…、そこまで考えかけて、智明はあらためて宗近を見た。

「夜勤って、身体キツくないですか？」

「キツかったなぁ。寝たと思ったら起こされるし、そのまま朝までずっと夜勤室に戻れへんこともあったし」

応えながら、智明は運ばれてきた生ビールのジョッキを手に宗近を見る。

そうだ、この青年は夏生に想いを寄せているのだ、以前から智明に対して反感を持つぐらいに…。

「乾杯」

ジョッキグラスを夏生や宗近と合わせながら、智明は隣で塩タンを網の上に並べる夏生の横顔を見た。

そして、夏生はこの宗近が自分に対して寄せる想いもすでに知っている。だからこそ、智明にいいのかと尋ね、その質問の意図を薄々知る智明は夏生の答えをはぐらかせた。

タンはすぐに焼けるから…、と網の上の牛タンをひっくり返しながら、智明はこの場の微妙な空気を意識していた。


明日は仕事があるからと二次会には向かわず、そのまま三人で歩いて帰宅する頃には九時半をまわっていた。

少し足を引きながら歩く夏生が一緒だと、普通に歩く時よりもペースが落ちる。智明はそのペースに慣れているが、宗近はこれだけの距離を夏生と一緒に歩くのは初めてなのだろう。

時折、早すぎる自分のペースを落とし、慣れないながらも夏生を懸命に気遣って歩いている。

愛想はないが、悪い男ではないということは食事中にもわかっていた。

おそらく、基本的に夏生の言う、師匠と同じ職人肌なのだろう。

「ほな、今日はご馳走様。おやすみ」

夏生の家の前で、智明は二人に向かって手を上げる。

「おやすみぃ、また、今度片付けんの手伝ってな」

いつもより三割ほどテンションの高いまま夏生が手を上げる横で、宗近が失礼します、と固い礼を返す。

露骨な敵意ではないが、いくら智明がにこやかに振る舞ってみても、最後まで宗近の中の壁は消えなかったように思う。反感、警戒、夏生に対する親しみ…、そんなものが話す中でも意識された。

智明が医院の前を横切り、母屋の門を入り際に振り返ると、ちょうど二人の姿が柳井家の中に消えるところだった。

ガラガラ、と明かりのついた玄関の引き戸が閉まるのを、智明はしばらく振り返って眺める。食事の予約時間まで余裕があったせいか、二人は一度夏生の家に荷物を置きに寄り、焼き肉屋に赴いたのだと言っていた。

「さて…」

智明は誰にともなく小さく口の中で呟き、門を開けると庭先からナァ…、と小さく呼ぶ声がする。

「よう、この間はやらかしてたな」

ナツキ、と智明が呼びかけると、鼻面の白い黒猫が、また甘え声を上げ、玄関へのアプローチに立つ智明の方へとやってくる。

「なんでまた、よりにもよって、なっちゃんちに入り込んだんや。うちでも、そんな真似したこ

となぃやろ？」

尋ねても、ナツキは喉を鳴らして智明の足に頭をすり寄せるばかりだ。

「なんや、あれは？　俺がなっちゃんとギクシャクしてたんわかってて、あそこに飛び込んだんか？　確かにあれで仲直りできたけど、えらい特攻もあったもんやな」

押しつけられる温かくやわらかい頭と耳の後ろを、指先でそっとかいてやると、ナツキは喉奥でグゥ…、ともゴロ…ともつかない満足げな音を立てる。こんな素直さは、夏生にはない。

「なんや大人になると…」

智明は玄関前にしゃがみこみ、猫の頭を撫でながら小さく呟いた。

「色々ややこしいねんなぁ…」

智明の気持ちを知ってか知らずか、ナツキはさらにグイグイと智明の手の中に頭を突っ込んでくる。

「なっちゃんも、お前みたいにわかりやすいとええんやけど…」

そうして智明はしばらく猫を撫でる。

夏生の中の宗近に対する構えと、まだようやく夏生との距離を詰めはじめた宗近との間では、すぐすぐに何かが起こるというわけではないだろうが…、と智明は目を伏せる。

それでも今日から、毎週、場合によっては週に二度ほど、あの無骨そうな強面の男が夏生の家に泊まる。何かが変わろうとしている。

「なぁ、…お前はこれからもここにいるやろ？」

ナツキの小さな頭に手を置いたまま、智明は低くつぶやいた。

IV

緑の少ない京都の街中でも、通りすがりの家の奥庭、あるいは小学校の校庭横を通る際には、ジワジワともジリジリともつかぬ音でけたたましく鳴く蝉の声が聞こえるようになってきた。

和菓子屋で受け取った紙袋を籠に入れた夏生は、昔通った小学校の校庭横を自転車で通りながら、あいかわらず暑苦しい声で鳴くものだとひときわ蝉の声の大きい木を見上げる。校庭の奥には、放課後、智明と共に遊んだ遊具が見えた。

子供達の姿が見えないのは、今、午前の授業中だからか。この暑さで、体育も体育館を使用しているらしい。夏生も普段ならこんな昼前の暑い盛りに表には出ないが、今日は予約を入れていたので仕方がない。

夏生は家まで自転車を走らせると、一度、自転車を置いて、綾部家のインターホンを押した。

「おばさん、これ」

夏生は提げてきた黒糖羹《こくとうかん》を和子に手渡す。

「いやぁ、亀廣永《かめひろなが》さんとこの？」

「ええ、『したたり』です。いつも夕飯をご馳走になっているお礼にと思て」

京都の水に黒糖、ザラメ糖、和三盆、寒天だけを用いて作られるという透き通った琥珀色の黒糖羹は、祇園祭の菊水鉾に献上される涼しげな竿菓子だった。

「嬉《うれ》しいわぁ。最近、人気で手に入りにくいて言うから」

私、これ、好きなのよ、と和子は相好《そうごう》を崩す。

「いろんなとこで紹介されるようになって、品薄で買えへんていいますね。特にこの祇園祭前は」

「そうそう、この暑い時期に冷たくてフルフルしたこの黒糖羹が、口の中ですうっと溶けるんがええんやけど、お店行っても売り切れや言われることが多くて…、人気なんはええことやねけどねぇ」

おおきに、遠慮のういただきます…、と和子は笑顔で紙袋を受け取り、夏生を促す。

「夏生ちゃん、ちょっと早いけど、お昼食べて行きなさいよ」

常々、智明に和子に食事に誘われたら遠慮なく食べていってくれ、その方が和子も喜ぶからと言われている夏生は、少し迷ったものの頷く。

「すんません、お言葉に甘えて」

「ええの、ええの。食べてってもらえた方が、私も張り合いあるわ。今日はお休みなんでしょ？

智明も今日は午後からは休みやけど、まだ少しかかるから。たいてい木曜日は、午後がないから か、慌てて来はる患者さんもいはって、仕事が二時頃まで押すんよね。待ってるとお腹減って、ついついいらんもんつまんでしまうから、私もなっちゃんと一緒に食べてしまうわ」

和子はいそいそと夏生を食堂に通し、湯葉と鶏肉《かしわ》の煮合わせに、胡瓜とわかめの酢の物、味噌汁にご飯、瓜の浅漬けと、夏らしくさっぱりした心尽くしの料理を並べてくれる。

あっさりとやさしい煮物の味わいは、夏生の母がかつて作ってくれた料理にも通じる味わいで、いつもほっとする。

「美味しいです。自分じゃ、煮物作ってもこんな風にはできへんから」

まず、ひとり暮らしでは湯葉など買わないからありがたいと、夏生は礼を言う。

「夏場に煮物なんて作んの暑いやろて智明にも言われんねんけど、この時期はきっちり火ぃ通しときたいしね。夏生ちゃんのお母さんはほんまにまめでお料理上手やったから、色々教えてもろたんよ。ほら、うちのお義母さんは私がお嫁に来てから、わりに早うに亡くなってしまわはったから。だからむしろ、お義母さんの味いうよりは、夏生ちゃんちのお母さん、夏生ちゃんちのおばあちゃんのの味に近いかもしれへんわ」

教えてもらったという言葉は、これだけ見事な献立を考えるとむろん謙遜だろうが、和子はふんわり笑うと小さく肩をすくめた。

「これで智明にもええお嫁さんが来てくれたら、私みたいにならへんように早いとこ、お献立も教えといたげたいけど、あの子、この間も史治の持ってきたお見合いの話にねぇ…」

「何か智ちゃんに、ええ話でもあるんですか？」

探るような夏生の問いに、和子は他意もないようににっこり笑いながら首をひねった。

「どうなんかしら、なんや、ああやこうや言って揉《も》めてたけど、結局、智明がのらくらと曖昧な返事すんのに、史治が短気起こしてねぇ。さっさと帰ってしもたわ」

史治《あの子》、昔から気ぃ短いから…、と和子はフフッと笑う。

「まだ、本決まりやないんですか？」

決まってしまえば、そのままとんとん拍子に話が進むのではないかと、夏生は怯える。智明相手に、否を言う相手がいるとも思えなかった。

「さぁ？　史治のことやったら、また、ほとぼり治まったら、日ぃ決めぇいうて急《せ》いて電話してくるかもしれへんけど」

「ああ…」

確かに、とせっかちな史治の性分を知る夏生は曖昧に頷く。

「智ちゃんはどうなんですか？」

「さぁねぇ、あの子もなんやのほほんとしたところあるから、もう三十二になるいうのに」

「それは僕もですけど」

「夏生ちゃんはまだ三十になったばかりでしょ？　あの子、夏生ちゃんより、まだ二つも上よ。史治の言いようやないけど、そのうち、そのうちて呑気なこと言うてるうちに、頭も薄なって、お腹も出るんよ。こんな町のお医者さんやってたら、案外、出会いらしい出会いもないしねぇ。

私らには言えへんだけで理想が高いんか、それとも史治にせっつかれたんが気にいらんかったんかはしらへんけど…」

和子は、はぁ、と小さく溜息をついた。

「あの話は史治にしては、ずいぶん親切やと思うたけど、智明は智明で史治の勝手したツケをあの子の人のよさで引き受けたところもあるから、そんな勝手はお互い様なんかしらねぇ？」

大学卒業後、附属病院に入ってからも引く手数多らしきだった智明も、何となく、これまでは意図的に女性との結婚を遠ざけていたように思っていたが、話を持ち込んだのが史治となるとそうもいかない。

今も昔も、ずっと変わりなく夏生にはやさしいが…、と夏生は気の重いままに箸を置く。

食事を終えた和子は、夏生の食べ終えた食器と自分の食器とを重ねながら尋ねた。

「夏生ちゃん、スイカ食べるでしょ？」

「ええ、喜んで」

僕が運びます、と夏生は曇りがちになる顔を取り繕い、立ち上がった。

宗近が実家での仕事を終え、食事も終えてやって来たのは、夜も十時に近い時間だった。

「へ？　風呂も入ってきたんか？」

風呂はいいと断る男に、バスタオルなどを一式用意していた夏生は驚いて振り返る。

「ええ、夏場はやっぱりすごい汗かきますし。この間ははじめて泊めてもらうし、食事も誘てもろてたから早めに来ましたけど、あんまり毎回、風呂や食事やて用意してたら、夏生さんが負担でしょ？」

奥座敷で夏生の出した麦茶を飲みながら、宗近は頷く。

「言うたかて、ここ来るまでにやっぱり汗もかくやろ。今日なんか、この時間になってもまだ蒸し暑いし」

気温はとにかく、湿度が異様に高いせいで、外は立っているだけで肌もベタつくと夏生は眉を寄せる。

「ええから、シャワーぐらい使《つこ》たら？　変な遠慮なんか、せんでええで。週一で来るぐらいで、光熱費が上がったなんて言えへんから」

夏生は麦茶の入った冷水ポットで、宗近のグラスにお代わりを注いでやる。

「あ、そや。忘れへんうちに、これ、親父さんに持って帰って。甘いもん、好きやろ？」

夏生は和子にも手渡した紙袋を引き寄せ、手渡す。

季節を問わず、仕事場で火と格闘し続ける宗義は、その過酷な作業場のせいか顔つきも無骨で険しく、皺《しわ》も深く刻まれている。そのせいで実年齢よりも老けて見えるが、見た目とちがってかなりの甘い物好きだった。

それをよく知るせいか、宗近もあっさりと紙袋を受け取る。

「これって、何入ってるんです？」

「うん、この時期のお菓子で、黒糖羹っていうんかな？　もともとは祇園祭の菊水鉾のために作った、お菓子なんやて。黒糖と寒天で作った、琥珀羹《こはくかん》やな」

「琥珀羹…、わかりました。ありがとうございます」

あまり馴染みのない言葉なのか、宗近はわかったような、わからないような顔で頷く。

「そういえば、夏生さん、もうそろそろ祇園祭なんですよね？」

電車の中にも吊り広告が下がっていたと、宗近は尋ねてくる。

「うん、そろそろやな。いっつも、この蒸し暑い時期やねん」

夏生は自分も麦茶を飲みながら、折しもその独特のお囃子が流れ出したテレビのニュース画面へと目をやる。

「俺、祇園祭て行ったことないんですけど」

日本の三大祭りやて言うでしょう、と宗近は切り出す。

「いっぺん行ってみたいんですけど、案内て、してもらえます？」

夏生は曖昧なはぐらかし笑いを口許に貼りつけた。

この誘いが、単なる祇園祭への好奇心だとは思っていない。

やはり危惧していた通り、この家に泊まりたいというのは、夏生へのアプローチの一環だったのだろう。

「すごい人多いねんで？　アホみたいに暑いし」

夏生は熱のこもらない声で答えた。

V

夕飯を終えた智明は、テレビを見ていた和子に、こっち来てちょうだい、と母屋の一番奥に一室だけ設けられた和室へと呼ばれた。

「ねぇ、あんた、この浴衣《ゆかた》、夏生《なつき》ちゃんに持ってったげなさい」

「浴衣？」

和子《かずこ》は智明《ともあき》の前に畳紙《たとうがみ》を広げる。

「そう、ちょっと見て。夏生ちゃんやったら、こういうのもあんじょう着こなすでしょ？　似合うんちゃうかなぁと思たんよ」

中には涼しげな白絣《しろがすり》の浴衣と濃紺の角帯《かくおび》がたたまれて入っている。白絣はあまり見ない細かな模様の変り生地だが、雰囲気がいい。

「へぇ、ええ柄《がら》やね。なっちゃんに似合いそう」

「そうでしょ？　あの子は肩のあたりはしっかりしてるけど、腰まわりは細いからね。こういうすっとした柄、似合うんよ」

「でも、なっちゃん、浴衣とか着物って着れるんやろか？　あのやわらかい兵児帯《へこおび》やっけ？　あれやったら結べへんこともないやろけど、角帯はなぁ」

智明は中学、高校の頃、夏生と共に浴衣で祇園祭《ぎおんまつり》へと繰り出したことを思い出す。智明は兄のお下がりの浴衣が多かったが、夏生も母親がいつも一人っ子である息子のために、ちゃんと浴衣を用意していた。

思えば、翌年にはサイズアウトしてしまうことの多い成長期の子供のため、しかもこの祇園祭に備えて用意された浴衣はずいぶん贅沢《ぜいたく》な物だったが、互いに子供だったのでそんなことなど意に介したこともなかった。

夏生はまだ眼鏡《めがね》をかけたり、かけなかったりしていた頃で、特に夏は汗で眼鏡がすべって不快だと、かけていないことの方が多かった。互いにじゃれあうようにして、山《やま》や鉾《ほこ》などそっちのけで屋台で買い食いして歩いていた頃のことだ。

今も思い出すだけで眩《まぶ》しい。

「そやねぇ、もう、お母さんもいはらへんから。いてはったら、私よりもうまいこと着せたはったやろけどねぇ。うち、来てくれたら、着せたげるからて言うといて」

「わかった。ちょっと今から行ってくる。先寝といて」

智明は夜の早い和子に声をかける。

夏生はもう戻っているだろうかと、智明はメールを送る。場合によっては、戻って風呂に入っているところかもしれないと思った。

幸いにして、店から帰ったところだとすぐに返信があった。

「お母さん、冷蔵庫のビールもらってくわ」

「ビール？　やったら、何かおつまみになるようなもんも持ってったら？」

「なんかあったっけ？」

「おつまみになるかどうかはわからへんけど、ハムの詰め合わせの中にローストビーフがあったわよ。あれ、夏生ちゃんのところで切らしてもろたら？」

「あ、ええやん、それで」

智明は冷蔵庫を開ける和子の横から冷蔵庫を覗《のぞ》きこみ、ローストビーフのパックとビールを数缶取り出すついでに、チーズも取り出す。さらに冷凍室を覗いて、アイスクリームも一緒に紙袋に放《ほう》り込んだ。

「それでお母さん、俺の浴衣は？」

「あんたのは何年か前に仕立てたんがあるでしょう？　あんた、いっこも着ぃひんかったけど」

「着ていくとこないんやから、仕方ないやないか」

「情けないこと言うて、病院勤めてた時には誰やといたやないの。毎年毎年、祇園祭の頃には誰かしら女の子と出かけてたくせに」

「そんなこともあったなぁ」

智明は苦笑する。

「そんな情けないこと言うんやったら、史治《ふみはる》の持ってきたお見合いのん、いっぺん行っといたらええのに」

「それはそれ、これはこれやろ？　まぁ、俺の浴衣もあるんやったらええわ」

あんたねぇ、と眉を寄せる和子を笑ってはぐらかし、智明は行ってくると家を出た。


玄関の呼《よ》び鈴《りん》を鳴らすと、くりの大きいVネックシャツをまとった夏生が出てくる。錆鼠《さびねず》色のシャツから覗く鎖骨のあたりにふわりと色香のある男だ。軽めのフレームレスの眼鏡も涼しく見えた。

「ごめん、風呂出たとこで」

このじめじめした湿気を嫌ってか、夏生は居間にクーラーを入れ、さらに扇風機をまわしていた。

智明は座敷庭に面した障子が、夏用の建具《たてぐ》である簾戸《すど》に替わっていないことに気づく。

夏生は雨漏りもするボロ家だなどと言うが、柳井《やない》家は昔から四季にあわせて建具や床《とこ》の間《ま》の掛け軸などがちゃんと替えられてきた家だった。

それが逆に子供の頃から洋館で育った智明には、いつも新鮮で目新しく思えた。

夏生の祖父や父が健在だった頃は、祇園祭の宵山《よいやま》の頃には屏風《びょうぶ》を公開していたこともある。それも今は懐かしい思い出だった。

智明の視線に気づいたらしく、夏生は苦笑する。

「ひとりやと横着《おうちゃく》してしもて、建具もよう替えへん」

「そら、仕方ないやろ。仕事も忙しいやろし、ひとりで細々《こまごま》と建具替えるんも、張り合いないやろし」

フッ、と夏生は笑って、暗い座敷庭の方へと目をやった。

「せめて簾《すだれ》ぐらいかけたらええんやろけど、どうせ昼間は締め切ってるしなぁ」

夏生の母亡き後、夏生が堺《さかい》に行っていた頃には、まさにそれで家《いえ》傷みが進んだようなものだ。

夏生も月に一度は風通しに帰ってきていたし、智明も頼まれて和子と共に週に二度ほどは窓を開けて風を通すようにしてはいたが、やはり人の住まない家はこんな街中であっても急速に傷みが進む。

「今、替えるか？　言うてくれたら、俺やるよ」

「ええよ、どうせまた二ヶ月もしたら戻さんなんねし、面倒やわ。簾戸《あれ》は昼間に窓開け放って、風通すための建具やもんなぁ。クーラーも効き悪なるし。どっちか言うと、床に網代《あじろ》敷きたいわ。なんか家帰ってきても、畳の上に熱籠《こ》もってて」

確かに子供の頃、真夏に夏生の家にやってきた時、どんなに暑い日でも座敷に敷かれた網代がひんやりと心地よかった。そればかりでなく、座敷庭へと大きく開け放たれた空間と、廂《ひさし》の長い独特の造りによる自然な影、うだるような暑さの中でもたまにすうっと家の中を通る風と、クーラーで人工的に冷やした智明の家とは異なり、室内の気温そのものが違う気がした。

この座敷で夏生の母親にアイスキャンディを振る舞われたことも懐かしい。

ビールと麦茶とどっちがいい、と夏生が立ち上がるのに、智明は提げてきた紙袋を手渡す。

「ビールやったら、これ。あても持ってきた」

「へぇ、これってお中元か何か？」

「そうと違うかな？」

「あてって、もったいないな。俺の夕飯のおかずになりそう」

「晩ご飯、まだやったら、おかずにしたらええわ。俺はもう夕飯食べてきたし」

勧めると、そやったら悪いけど…、と夏生は腰を上げる。

「ちょっと切っといて。枝豆ゆでるし。智ちゃん、冷《ひ》や奴《やっこ》ぐらいは食べるやろ？」

「冷や奴なんて、ちゃんと買《こ》うてるんや」

「楽やしな。夏はこれで十分一品になるやろ？　気分でトッピングだけ紫蘇《しそ》使《つこ》たり、肉味噌《にくみそ》載せたり。ほんまは冷や奴を今日のメインにしたろと思てた」

夏生は土間へと下りて細身の庖丁《ほうちょう》と小ぶりなまな板を持ち、盛り皿と共に智明に手渡してくる。

渡されたのは、よく使い込まれ、手入れされた『佐用《さよう》』のペティナイフだった。おそらく、夏生の母親の光子《みつこ》が使っていたものだろう。

ある種の懐かしさと複雑さを胸に智明がローストビーフのパックを開け、固まりを薄くスライスする間に、夏生は足を軽く引きずりながらも、冷蔵庫を開けたり、湯を沸かしたりと手際よく夕飯の準備をする。

夏生が座卓の上に並べたのは、冷や奴に冷やしなすの中華風胡麻和《ごまあ》え、味噌汁にご飯だった。

一応、智明の前にも箸《はし》と共に取り皿と汁椀、冷や奴の載った小鉢が並べられる。

「凝《こ》ったもん、作んねんなぁ」

上に赤く細い糸唐辛子をあしらったなすの胡麻和え入りのタッパーを眺め、智明は思わずつぶやく。

「いや、作り置きしてるだけ。昨日作ったから、三日ぐらいはこれを一品にしよと思てた」

時間差で日持ちのするものを作ってゆけば、二、三品はテーブルに並ぶのだと夏生は答えた。

ビールを飲みながら、夏生の作ったなすの胡麻和えを口に運ぶと、ずいぶん美味い。

「これ、ほんまに美味いなぁ。やっぱり、なっちゃん、お嫁にもらいたいわ」

思わず口をついて出た軽口に気づき、智明は慌てて口をつぐんだが、夏生はまともに取り合った風もなかった。

そうや、と智明は提げてきた風呂敷包みを夏生に渡す。

「うちの母親がこれ、なっちゃんにて」

「何？」

「浴衣やて。開けてみて」

夏生は風呂敷の中から取りだした畳紙を開き、中の白絣の浴衣と濃紺の献上柄《けんじょうがら》の帯とに驚いたような顔を見せる。

「これって、すごいええ品《もん》とちがうやろか？　生地が…、麻入ってる？」

今は馴染《なじ》みがなくても、昔、母親が時折着物をきていたのもあって、それなりに物の良し悪《あ》しのわかる夏生は尋ねてくる。

「さぁ？　なっちゃんにはこういうの似合うやろからって。もうすぐ祇園祭やしな」

「ああ、そやな、もう七月やし」

言いかけた夏生は壁のカレンダーを振り返る。昔、柳井家の家族の予定が几帳面《きちょうめん》に書き込まれていた居間のカレンダーは、今は惰性でかけてあるだけらしく何も書き込みがない。

単に日付を確認しただけなのか、夏生は小さくつぶやいた。

「山鉾、まだまだ組まへんねんな。なんか調子狂う」

「ああ、一昨年《おととし》から前祭《さきまつり》と後祭《あとまつり》いうて、分けるようになったからな」

「子供の時から、ずっと山鉾は七月の十日過ぎたら組むて思てたから」

「長刀鉾《なぎなたほこ》は、もう立ったやろ？」

「立ってるやろけど、この時期、四条通《しじょうどおり》なんて寄りつかへんからわからへんわ」

混《こ》んでるし、死ぬほど暑いし、と夏生はうんざり顔をみせる。暑さのせいか、それとも他に理由があるのか、少し気が立ってるなと思った。

「なんか雰囲気だけ祇園祭やのに、肝心な鉾組がまだやから、締まり欠いてる気がする」

長いこと身についた習性で…、と片頬《かたほお》で笑う夏生に智明は尋ねた。

「なっちゃん、祇園祭は予定あんの？」

「いや、前祭の時は仕事。お客さんも多そうやし」

空いたグラスにビールを注《つ》いでくれながら、夏生は横顔で応《こた》える。

心なしか、反応が鈍い気がした。

「やったら、後祭は？」

「後祭って、屋台も何も出ぇへんのとちゃうの？　歩行者天国もやらへん言うてるし」

「なっちゃん、どっちみち四条通は寄りつかへんのとちゃうんか？」

グラスを顔の横にかざし、夏生はここへきて初めて小さく笑った。

「言葉のアヤってやつやん。やっぱり、長刀鉾とか月鉾《つきほこ》とか、だーって並んで初めて、祇園祭って気ぃすんねんやろ」

ふわりふわりと言《げん》を翻《ひるがえ》すような夏生の物言いに、智明は言葉にはしがたい妙な歯がゆさを覚えた。夏生はずっとこれまで自分に対し、こんな逃げるような言い方をしていただろうか。

鮮やかに躱《かわ》すのはうまいが、いざという時には逃げないのが夏生の性分だと思っていたが、よく知った相手なのに、これまでまるで知らなかった一面を見たような気になる。

胡座《あぐら》をかいたまま、座卓越しに黙って夏生を眺めると、どう思ったのか眼鏡の奥の目を伏せ、かたわらの浴衣の入った畳紙をそっと手で撫《な》でた。

「でも、せっかくおばさんに用意してもらったんやし、一度ぐらい袖《そで》通しときたいなぁ」

「後祭やったら、嫌なん？」

「嫌てなぁ…」

夏生は薄く笑い、切り分けたローストビーフを小皿に取る。

「智ちゃん、前、彼女おったん、どないしたん？」

「いたら、なっちゃんに予定聞いてへん」

予想外のことを尋ね返されたが、智明は肩をすくめてみせた。

「そうやろうけど、そんな失礼な言い方ある？」

ひどい話やわ、と夏生は憎まれ口をたたく。

智明は空《あ》いた自分のグラスに、新しく開けたビールを注ぐ。慌てて注ごうとする夏生を、軽く遮って微笑《ほほえ》む。

「俺、木曜は午後から休みやで。なっちゃんもそうと違うん？」

夏生はわずかに首をかしげる。普段、おだやかな智明が珍しく食い下がったのに、やはり気づいたらしい。

「木曜って、後祭の宵山やろ？　浴衣着たらええやん」

そやね、と夏生は薄く笑った。

「考えとくわ」

答えの曖昧《あいまい》なはぐらかしを、智明は無視した。

「午前の診察終わったら、迎えに来るわ。浴衣の着方わからへんかったら、いつでも聞きに来てって、うちの母親からの伝言な」

夏生は少し考えたあと、尋ねた。

「智ちゃんも浴衣着んの？」

「そやなぁ、考えとく」

何や、それと笑いながらなじる夏生が覗かせた曖昧さへの引っかかりを、智明も笑いに紛らわせる。

夏生がたまに持てあます、やりきれなさや苛立《いらだ》ちを批難《ひなん》するつもりはなかった。やむにやまれぬ理由ながら、夏生を取り巻く状況はこれまであまりに過酷だった。それこそ、側《そば》にいる智明も安易な慰めを言えないほどに…。

「浴衣、暑いしなぁ」

「そうそう、今年はどうなるかわからへんけど、たまに湿度高《たこ》うて、サウナん中歩いてるみたいな日ぃあるし」

夏生はどこか寂しいような笑い方を見せた。

VI

子供の頃から思っていたが、祇園祭のお囃子は、このうだるような暑さの中で鉦《かね》や太鼓、笛を用いているにもかかわらず、音が透き通るようでどこか物悲しい。

もともと祭の由来が死者の祟りを鎮め、その魂を慰める御霊会《ごりょうえ》に起源しているせいか、それともこの時期の暑気を少しでもやわらげるためなのか。

他の地方のように太鼓を打ち鳴らしたり、皆、総出で踊るお祭りとはかなり毛色が違うと、夏生は日の暮れかけた街で、人混みの中、頭ひとつ抜けて高い宗近と並んで歩きながら思った。

やはり前祭と後祭に分けられたせいか、さらにはその後祭となるからか、往年の宵々山に比べればかなり人は少ない。

とはいえ、あのありとあらゆる通りに、息苦しいほどに人がぎっしりと繰り出し、街中に人が溢れている感がないだけで、ところどころで足を止めなければならないほどに人が多いことは間違いなかった。

いっこうに気温の下がらぬ町家の間を、澄んだお囃子の音だけが渡ってゆく。

「なぁ、ほんまに祇園祭見たいんやったら、やっぱり前祭来といた方がええで。四条通に提灯灯った背の高い鉾が、ずらっと並ぶとことか見とかな」

夏生はアジア風居酒屋が出していた露天で買った、レモンビールを呷りながら歩く。

「夏生さん、飛ばしすぎやない？　さっきは大吟醸、コップでいってたやろ？」

やはりアルコールの入った宗近はいつもよりかなり楽しげで、口調もくだけている。

「そら、いくやろ？　『神蔵《かぐら》』の大吟醸やで。あれが一杯、五百円やったら飲んどかな」

全国的にも日本酒で名高い伏見に蔵元は多いが、『神蔵』を作るのは洛中では数少ない蔵元なのだと夏生は説明してやる。しかも、伏見の酒にも遜色なく美味い。その酒がプラコップいっぱいに注がれていたのだから、手を出さすにはいられなかった。

「ほんま、綺麗な顔して、けっこうウワバミやんな」

宗近は低く笑うが、その声は智明の声よりも通ることに、夏生はさらに乱暴にビールを呷った。妙なところを比べてしまうあたり、自分はずいぶん煮詰まっているのだろう。

結局、祇園祭に行ってみたいという宗近の誘いが断りにくかったのと、智明に対する気持ちの揺れ、煮詰まり感もあって、誘いに応じた。

智明に誘われた時、すぐには即答したくなかったのも、今日の宗近との約束があったためだ。

自分でもいったい、どこへ向かいたいのかわからない。智明との関係は互いに仄暗《ほのぐら》いような縛りを感じながらも、いつも心地よかった。

ただ、和子から智明の見合い話を聞いた時、そろそろ年貢の納め時なのかもしれないとは思った。そして、そんな思いとは裏腹に、ずいぶん気が塞いだ。

昨日から泊まりで、今日の朝から一日仕事に入ってもらった宗近は、今晩、終電ぎりぎりを見計らって帰るのだという。宗近が今夜は帰るというのが、今はせめてもの救いだろうか。

最初は店も休みなことから、今日も一泊して昼過ぎまでゆっくりしていくと言っていたが、宗義の仕事の納期の関係でそうも言ってられなくなったらしい。祇園祭に行くから二泊て、お前はアホかと親父にドヤされたと言っていた。

「それより宗ちゃん、お腹大丈夫か？　多少、なんかつまんだところで足りひんやろ？　どこかしら、店入ってくれてええで」

夏生は自分の浮ついた明るい声を意識する。脳裏を離れない幼馴染みへのやるせなさに沈みたくなくて、ずいぶん陽気な声を取り繕っている。

「いや、腹は別に。適当にさっきみたいな露天で食べ歩きしてもええし」

飲食店がそれぞれに店の前で出している露天は、店のメンツもあるのだろう。どこもそれなりの味になっていて美味いから…、と宗近は空いた夏生のビールのプラコップを取り上げ、さっさと通りすがりのゴミ箱に入れてくれる。

それだけでも、この無骨な男がずいぶんなエスコート術を見せていることがわかる。

柄にもない宗近の真似に、夏生はあえて気づかない振りを装った。

「じゃあ、今から重要文化財レベルの屏風見てまわるからな」

一般宅で祇園祭の間だけ開放されている屏風を粛々《しゅくしゅく》と見てまわるのだと冷やかしてやると、ふいに伸びてきた宗近の腕が、夏生の二の腕をつかんだ。

宗義の作業場で、危険だから寄るなと有無をいわさず腕を引っぱられたことはあるが、これは明らかにあの時とは意図が違う。

何だと、声には出さないままに宗近を眼鏡越しに見上げた夏生に、宗近はそこ…、と半分ほど地下に下りる位置にあるドアを指さした。

前に出ている黒板のメニューを見るに、バルのような洒落た雰囲気の店で、通りから見えるドアや店構えも悪くない。

「あそこ、行きません？　なんか、よさそうかなって」

自分の二の腕をつかんだままの宗近に、男二人で飲みに入るような雰囲気の店ではないけどもな…、という感想を夏生は伝えなかった。おそらく、宗近はそれを百も承知で誘っているのだろうからだ。

階段を下りて店の扉を開けると、入っただけで美味そうな料理の香りが漂ってきた。カウンター席の他、奥に小ぶりなテーブル席が六つほど並んでいて、基本的に一名から四名ぐらいまでを一単位としていることがわかる。

半地下だというのに店はかなり賑わっており活気もあるが、窓のない店の構造上か、樽や剝き出しの梁《はり》をモチーフとした穴蔵のような内装とインテリアになっており、思っていたよりも店全体の照明は暗い。

「奥、いいですか？」

出てきた店員に二人だと指を二本立てた宗近は、二つ空いたテーブルのうち、一番奥の空いたテーブルを指した。

こんな奥まった席を選んでどうするつもりなのかと突っ込む気にもなれず、夏生は男の好きにさせた。

「がっつり食べる気か？」

夏生はかなり充実したフードメニューを見ながら、なおも口調だけは軽々しく冷やかす。

一般的なアヒージョやピンチョスといったメニューばかりでなく、サラダやパテ、キッシュや揚げ物、煮込み、パエリアと、手頃な値段でバランスよくメニューが並んでいるのはそそられる。暗いとはいえ、穴蔵っぽい店の雰囲気も悪くない。

これまで知らなかった店だが、家からも近いし、今度、智明を誘って…、と思いかけた夏生は頭をひと振りした。

「いや、むしろ、少し飲みたいなて。夏生さん、何する？」

「俺？　基本的に嫌いなもんないから、好きなん頼んで。俺はとりあえず、ワインもらっとく。外暑かったから、白かな」

グラスワインだけでも赤と白、それぞれ五、六種類ずつ置いてある。

やたらと喉が渇くのは、外の暑さばかりでなく、かなりのピッチでアルコールばかりを取っていたせいだろうが、夏生はそんな自分の危なっかしさをあえて無視した。

今は無性に飲みたい気分だった。そんな自棄的な夏生に気づいているのか、宗近がちらりとメニュー越しに眺めてくる。

「お冷や、先にもらっとく？」

「いや、カヴァがあるんなら、それ」

夏生は運ばれてきたおしぼりで手を拭い、さっぱりした発泡性の白のひとつを選ぶ。

「なぁ、あんまり飛ばすなよ」

宗近は苦笑と共に口調だけは軽く釘を刺し、自分も同じカヴァの別銘柄を選び、さらにはタコのピンチョスや白バルサミコを使ったシーフードマリネ、鶏肉と三種の豆のレイヤーサラダなどと、数皿を手際よくオーダーする。

予想以上に運ばれてきた皿が美味しくて、夏生は熱々の椎茸のネギマヨ焼きを手に、二杯目のワインを頼んだ。

「今朝、あの向かいのお医者さん、新聞取りに出てきてはったね」

ワインメニューを置いた夏生は、ふいに切り出された智明の話題に、口許だけ薄い笑いを浮かべて視線を上げる。

「そやね」

「毎朝、ああして出てきはんの？」

宗近の探りに、夏生は長く続いてきたささやかな二人だけの関係を思った。

「智ちゃん、ちょうど、あの時間に新聞取りに出てくるしなぁ」

いつもと変わらぬおだやかな笑み、おだやかな声のトーンで、今朝も智明は夏生と、そして共に出てきた宗近とを送った。

あそこに智明が立っていなければ不安なくせに、今朝もそうして変わりのないおだやかな挨拶を向けられたことに、ずっと丸一日、胸の奥でざらざらとした錆のような不快さを感じている。

いったんそれについて口を開けば、堰《せき》を切って内側から溢れ出しそうな不安と焦燥、寂しさ、失意…、そんな何ともいえないドロドロとした醜い思いが、喉にまでつっかえている。

それが嫌で今日は店では客の目をほとんど見なかったし、こうして宵々山へと出てくれば、ひたすら酒を飲み続けている。

「前から少し思てたんやけど、あんた、あの智明っていうお医者さんと、普通の…っていうか、ただの幼馴染みなん？」

こんな時にまでダイレクトな物言いをするのかと、夏生は笑いにもならない微妙な表情を顔に貼りつけたまま、手許のワイングラスを見ていた。

「なんで？」

「いや、夏生さん、女の人にも人気あんのは知ってるし、それなりにつきあってきたんも堺の時から知ってるけど…」

堺にいた頃、何度となく共に飲みに行った宗近は、直截《ちょくせつ》に切り込んでくる。

「あの智ちゃんとも仲はええんやろなて、昔から話聞くたびに思てたけど、なんかな…」

そこから先をあまり口の立たない男は言いあぐねたのか、テーブル越しに大きな手が伸びてきて、夏生の手に重ねられた。

「この間、肉食べにいった時に、どういう関係なんやて…。男前なくせに、ふんわりしたつかみどころのない話し方して、外科医やて言うてたっけ？　そういうのひとつもひけらかさへんとことか、すごいなとは思うけど。あれも別の意味で京男やな」

「京男て、まぁ、生まれも育ちも京都やしな。でもそれ、京男ていうのん、全然、褒《ほ》め言葉やないやろ？」

ある意味、悪口やないかと夏生は毒づく。腹に一物あるのに笑ってみせる、奥歯に物のはさまったような言い方をする、そういう揶揄《やゆ》がそのひと言にすべて込められている。

「いや、角のないやさしい話し方で捉えどころがないのに、妙な色気のあるあたり、あんたもあの男《ひと》も、京都の人間やて思うよ」

この男も酔っているのかもしれないと、夏生のどこか醒めた部分が考える。

「宗ちゃん、手ぇ離し」

軽くあしらいかけた夏生の手を、宗近はさらに強く握り込んでくる。

「お前な…」

眉をひそめた夏生に、宗近は低く言い切った。

「俺、あんたに寂しい思いさせへんよ。そんなバランスの悪い顔、絶対にさせへん」

「…お前、酔うてるやろ？」

夏生はテーブルの下で、宗近の邪魔になるほど長い脚を軽く蹴った。

「多少は酔うてるけど、ちゃんとわかって言ってるって」

聞けよ、と宗近は手を握り込んだまま、強い視線で夏生を見据えてくる。

「あんた、俺のもんにしたいて」

さすがにそのストレートな物言いには、夏生も息を呑む。

「あんたのこと、抱き潰したいて…」

握り込まれた手から、ぞっとするほどの熱が伝わってきた気がして、宗近と目をあわせるまいとしていた夏生は眉をひそめたまま、とうとう目の前の男を眼鏡越しに見つめ返した。

Ⅶ

和子は夏生の後ろで帯を結び終えると、背中をポンと小さく叩《たた》いた。

「はい、出来上がり。ええわねぇ、やっぱり夏生ちゃんはこういう淡くて涼しい白絣も、すっきり着こなせる。よう似合《にお》てるわ」

「すみません、色々ありがとうございます。今度、どこかで美味《おい》しいもんでも、ご馳走《ちそう》させてください」

夏生はあらためて畳の上に座り直し、頭を下げる。

「そんなん、ええのええの。気にせんといて、こっちが勝手に用意したもんやから。ねぇ、丈も裄《ゆき》もちょうどでよかったわ。史治が夏生ちゃんと身長一緒や言うから、身幅はとにかく、だいたいの丈なんかは同じでええかと思て」

さて、と和子は腕の華奢《きゃしゃ》な時計に目を落とした。

「智明、遅いわねぇ。患者さん、押してるんかもしれへんわ。よかったら、待っといて。お昼上がっていきなさいよ」

あ、すみません、と夏生は頭を下げた。

「食事はすませてきたんです。僕、仕事の電話入れんなあかんようになったんで、いっぺん家に戻ります。智ちゃんが食事終わった頃にメールもらえたら、すぐ来ますし」

「いやぁ、そうなん？　それやったら、すぐにメールさせるし、ごめんね、ちょっと待っててねぇ」

申し訳ながる和子に頭を下げ、夏生はいったん家に戻った。

智明の診察がまだ終わっていないなら、食事を終えて着替えてとなると、やはり小一時間近くはかかるだろう。

電話の用件をすませたあと、さて、この空いた時間に何をしようかと夏生は考える。見た目にはずいぶん洒落《しゃれ》て涼しげだが、やはり浴衣が白い生地な分、あまりよけいなことをすると汚れる。水回りの掃除や、食事の下ごしらえなどして行く前から汗染みになるのも嫌だと、夏生は奥座敷でしばらくぼんやり庭を眺めた後、風でも通すかと立ち上がる。

どうせ今から外へと出るのなら、少しでもこの蒸し暑さに身体《からだ》を慣らしておいた方がいいのではないかという消極的な理由からだった。どうせならこの間、智明の申し出に甘えて目にも涼しい簾戸へと替えておけばよかったと思ったが、それも後の祭だ。

がらりと軒のガラス戸を開けると、むわりと湿った空気が入ってくる。夏生は続けて表の通りに面した表の間——昔の店の間の格子《こうし》の内のガラス戸を開けた。

この鰻《うなぎ》の寝床とも呼ばれる京町家《きょうまちや》の造りは、軒が深く、日の高い夏場でも影となる部分が大きい。さらに陽射《ひざ》しを簾で遮り、坪庭や前栽《せんざい》、家の前の通りのどちらか一方に打ち水をし、窓を大きく開け放っておけば、夏は気化熱の発生によって前後に長い家の中にも自然に風が通る造りになっている。

夏生は座敷庭へと戻り、小さく溜息をついた。多少草引きをしても、この時期はすぐに雑草が生えてくる。宿代代わりにと、宗近がいくらか掃除をしていったのはさほど前でもない気がするが、すぐにまたしぶとい草がいつのまにかはびこっていた。

古い家でも手間をかけたら、愛着が湧《わ》くんよと笑っていたのは亡くなった母の光子だ。手間暇《てまひま》をかけていない分、今はその愛着も薄れかけているのだろうかと、夏生は思い立って押し入れから蚊遣豚《かやりぶた》を取り出す。

共に入っていた蚊取線香は使い物になるのだろうかと思ったが、一緒に置かれていたライターでなんなく火はついた。

その蚊遣豚を手に、和子からもらった山鉾の描かれた団扇《うちわ》を後ろ帯にはさみ、夏生は裏の座敷庭へと下りた。

長らく水まきを怠っていたため、一部の丈の低い植栽はかなり葉を落として枯れかけていた。まだ自分が堺に行っていた時の方が、智明や和子がまめに水まきをしてくれていた分、庭としての体裁は整っていたと思う。たまに帰ってきても、庭が荒れたという気はしなかった。

目立って庭が荒れ出したのは、自分がこの家に戻ってからなのかと、夏生は踏み石に蚊遣豚を置き、庭の奥からホースを引き出して水をまく。

そういえば、両親の墓参りもろくに行けていない。日々が慌《あわ》ただしく過ぎて、さして離れていない寺町通《てらまちどおり》の菩提寺《ぼだいじ》にすら行けていなかった。夏生の事故後、疲れなのか悲しみなのか、立て続けにこの世を去った両親の墓を前にすると、気の滅入《めい》ることも多くて足が向かなかったというのも理由の一つだ。

一人っ子ゆえにやむをえないともいえるが、自分が麻痺《まひ》の残った左脚と共にただひとりこの世に残った寂しさや惨めさを意識せざるを得なかったせいもある。まだ従業員の多い、『佐用』に入れていたら、そこまでひとりを意識することもなかっただろうか。

それも光子のいた時から、無理な話ではあったが…、と夏生はホースの先を潰《つぶ》して飛沫《しぶき》をゆるやかに左右に振る。

厳しいながらもなんとか立ち上げた『柳井』も、少し軌道に乗り始めた。まだまだこれから先も不安要素は多いが、店を開いてすぐのほとんど客の来なかった頃を思えば、時に忙しくて十二時近くまでメールや経理、発注の処理を行うこともある今は、ずいぶんいい方へ動いている。

報告がてら、今年の盆前には行ったらんと…、と夏生は眼鏡の奥の目を細めて、まいた水の飛沫が作る虹を眺めた。

母などには、さりげないようでいつも丹念に手を入れていた庭がずいぶん荒れていると嘆かれてしまいそうだ。

それとも、生きていれば和子のように、結婚の心配でもされていただろうか。

そこまで考えて、夏生はまた何ともいえない不安定で不愉快な思いが胸の内を占めていくのを意識した。

夏生はいつものように煩《わずら》わしい左脚を引きずりながら日向《ひなた》へ出ると、ずっと水の涸《か》れていた手水鉢《ちょうずばち》に水を注ぐ。

以前、ここで母が飼っていた数匹の緋《ひ》メダカは、猫か鳥にでもやられたのか、いつのまにか姿を消していた。庭など、休みの日にも長らく目もくれていなかったのだから仕方がない。

母がしていたように少し手をかけてやれば、またあののどかな姿が見られるだろうかと、夏生は一部苔《こけ》の生えた手水鉢を覗き込む。

以前は緋メダカのための金魚藻や布袋葵《ほていあおい》が浮いていて、子供の頃はよく水の中に手を突っ込み、智明とメダカを追いまわして遊んでは怒られた。餌《えさ》をやらせてくれと、智明が毎日のようにこの座敷庭へと顔を出していた頃もある。

夏生は薄く笑った。妙な下心もなかった子供の頃の純粋な思い出は、今もきらきら輝き、鮮やかな彩りを持っているように思える。

小さく可愛《かわい》い主《あるじ》を失った手水鉢の中には、夏の青い空とうずたかい雲とが映って見える。高く重なりすぎた雲は、これだけ晴れているというのに一部、不穏な灰色味を帯びている。もしかして、今日は夕方頃にひと雨来るかもしれない。

今はスマホさえ見ればすぐにチェックできる天気予報など、もうずいぶん長らく記号でしかなくなってしまっていた。高校時代はまだ、自転車通学もあって母がこまめにチェックしてくれていたし、事故後は事故後で車椅子《くるまいす》の通学にはさらに時間がかかるからと自分でも気をつけてテレビを見ていたが…。

父の死後、色をなくしたように思えた世界は、まだ完全には色を取り戻さない。むしろ、光子の死でさらに色褪《いろあ》せ、一部欠落したようにさえ思える箇所がある。

夏生は気がつくと水が流れっぱなしになっていたホースへと意識を戻し、濡《ぬ》れた右足を乱暴に振って雫《しずく》を払うと、給水栓まで行って水を止めた。

水を必要以上に流しすぎたせいで濡れた庭は、それでもさっきよりは徐々に気温を下げはじめた気がする。風が流れはじめたからだろう。軒に吊《つ》りっぱなしになっていた南部鉄《なんぶてつ》の風鈴が、澄んだ音を立て始めた。

夏生は蚊遣豚を縁側へと戻し、日陰部分にしゃがんで草を引きはじめた。

よくもこんなにポツポツと生えるものだと、左手で団扇を使いながら、たまに鳴る風鈴の音をBGMにして、濡れてゆるんだ土からひたすらに草を引く。

結局、汗をかいていると思いながら、時折、浴衣の袖で額《ひたい》に浮いた汗を抑えた。日陰での作業な上、水やりで少し気温も下がったから、汗もまだましだろうか。

この張りのある白絣の生地もいい。Tシャツなどと違って、汗はたまることもなくすっと抜けるし、ごくわずかな風も涼しく通る。

どうせ表を歩けば、すぐに汗だくになるのだからと夏生は草を引いてゆく。

単純な作業でぽっかりと空いた思考に浮いてきたのは、和子から聞いた智明の見合い話だった。

小学校、中学校、高校、大学とずっとモテたくせに、それこそ持ち前の容姿のよさに加え、おおらかでやさしい気質が受けて、夏生よりもまだはるかに女の子に不自由もなかったくせに、このところ、誰かとつきあっているなどという話は聞かない。

大学時代は夏生の送迎を優先して、当時つきあっていた彼女を激怒させたという話は聞いた。

それが夏生にとって負担や引け目になると思ったのか、智明がそれをぼやいたのは一度きりだが、その相手と別れた後も、夏生を優先したがために交際相手と気まずくなったことは何度かあったようだ。

やがて、そんな色恋沙汰《いろこいざた》もとんと聞かなくなった。人気は相変わらずで、診察に来た女子高生や子供を連れた母親がバレンタインにチョコレートをくれたなどという話は、今も和子経由で聞く。やはり人気がないわけではないだろう。本人がその気になって出会いを求めれば、放っておいても勝手に異性の方で寄ってくるのも目に見えている。あとは智明次第だ。

ただ、何が楽しいのか、仕事ばかりしていると和子が愚痴《ぐち》るほどだから、夏生に話していないだけで実は彼女がいるというわけでもなさそうだ。

空いた時間は、智明が夏生のために割《さ》くのも知っている。今は夏生の身のまわりの世話だし、夏生が京都に戻ってくる前には夏生の家の手入れだった。

それにある種の嫌な優越感を覚える一方で、はたして智明はそんな生き方が楽しいのだろうかという息苦しい閉塞感《へいそくかん》も、その優越感と表裏一体である。おだやかな智明が口にしないだけで、京都《ここ》に戻ってきた夏生はずっと智明を縛り、重い足枷《あしかせ》となっているのではないだろうか。

そんな複雑で自分でも処理しきれない思いが黒い染みのように頭の中に浮き出ると、さっきまで涼しく風通しよく感じられていた夏の庭が、一気に狭く暑苦しく、居づらい場所のように思えてくる。

「なっちゃん」

ふいに呼びかけられ、夏生は驚いて顔を上げた。

玄関から声をかけられたのに、夏生が気がつかなかったせいだろう。どうやら通り庭を通って、この座敷庭まで出てきたらしく、すでに浴衣に着替えた智明が立っている。

ほとんど黒にも近い濃い藍色の浴衣だが、薄く縦に抜けるように銀鼠《ぎんねず》色の織模様が入っている。張りとわずかな透け感のある薄手の生地は、夏生と同じ麻入りのものらしい。これだけ濃い色なのに、目にも涼しい。

その浴衣にさらに、白銀に鼠色の織りの入ったすっきりとした献上角帯を浅く締めている。智明は着るものにはかなり無頓着な方だから、これは間違いなく和子の見立てだ。所作や動きが美しいのは、やはり今も弓道をやっているためだろう。

よく見れば帯の結びも片ばさみで、長身によく似合っている。案外、和子に頼まず、自分でさっさと着てしまったのかもしれない。高校に入って以降、もう長らく着物の類《たぐい》に袖を通しておらず、袖や裾《すそ》のさばき方すら忘れてしまった夏生とは違う。

「その浴衣って、濃紺なん？　それとも、黒？」

智明は屋根の下の影の濃い場所にいるために、見間違っているのかと夏生は尋ねる。

「うちの母親は、褐色って書いて、カチイロいうて読むんやて言うてたよ。かなり黒寄りの藍で、昔の軍人さんが勝色《かちいろ》言うて好んだんやって」

母方の親族には海軍将校がいたという智明らしい説明だ。モノクロでしか見られない写真の時代が、少しだけ近づく気がする。

「へぇ、縁起のいい色なんやね。お疲れさん、もう仕事終わったん？　何か冷たいもんでも飲もか？」

カラリカラリと下駄《げた》の涼しい音を鳴らしてやってくる智明に、夏生は立ち上がる。

ずっとしゃがんで下を向いていたせいか、目眩《めまい》がして少しよろけた。

「なっちゃん、大丈夫か？」

麻痺のある左脚がもつれたと思ったのか、腕を伸ばして智明が夏生の腕を支える。

「うん、立ちくらみやわ。さっきから下向いて作業してたから。これぐらいで情けないな」

言いかけた夏生の視界に、はだけかけた浴衣の裾から覗く、一部浅蘇芳《あさすおう》に変色した左脚の醜い傷跡が目に入る。一番酷いところは、紫の痣《あざ》にも似た色だった。自分では長く見慣れた傷だとはいえ、普段、あまり陽の光の下で直視することがないだけに、まともに見ると気分が塞《ふさ》ぐ。

やはり醜いものは、醜い。自分の足であるだけに、ずっと自分に貼りついているというう寒い生々しさもある。

こんな浴衣では素足は隠しようがないとはいえ、やはりみっともないものはみっともないと、夏生はそんな自分の足から目を逸《そ》らし、抜いた草を入れていたちりとりを持とうと手を伸ばした。

それより先に、智明の手がちりとりを取り上げる。ついで、袂《たもと》から取り出したハンカチで、こ

めかみのあたりに浮いた汗を拭《ぬぐ》われた。

「えらい過保護やね」

自分で出来ると言いかけると、逆に少し笑いを含んだ目が夏生の汚れた指を見た。

「その手やと、逆に汚れるんちゃう？」

「ああ」

確かにこの手だと、貸してくれようとしたハンカチまで汚すことになるのかと、夏生は廊下へと上がり、洗面所で手を洗う。

「何、飲む？」

すでに台所に置いたゴミ箱に抜いた草を捨ててくれている男に、棚からグラスを取り出しながら声をかける。

「麦茶もあるけど、ビールとかどう？」

「まだ昼やしな、麦茶もらっとく」

おっとりとした返事に、夏生は土間に置いた冷蔵庫から麦茶を注いで盆に載せ、座敷の扇風機を縁側に向けてスイッチを入れた。

「やっぱり、この庭、ええね」

すでに廊下の縁《へり》に腰かけて腕を組み、嬉しそうに目を細める智明の横にグラスの載った盆を置く。まだ昼下りだと思うせいだろう。宵山に急ぐつもりはないらしい。山や鉾は歩いてすぐのところにあるし、この時期は日暮れも遅い。そのせいか、智明はいつにもましてのんびりと、さして映えもしない庭を眺めている。

踏み石の上に置いたままになっていた蚊遣豚は、すでに足許《あしもと》の沓脱《くつぬ》ぎ石の上に連れてこられていた。

「手入れしてへんかったから、ずいぶん荒れた」

木ぃも枯れかけや、と夏生は盆を挟んで腰を下ろし、多少草を引いただけではやはり戻らぬ景色を眺めた。

「手ぇ入れたったら、すぐに元気になるよ。手水鉢に水も張ってあったし、雰囲気戻ってる」

やはり智明の言葉は、その気性にも似てどこかのどかだ。そのくせ、いつの間に手水鉢にまで目をやっていたのか。おっとりしているように見えて、よく気のつくのも智明らしい。

「あそこ、また緋メダカ入れたったら、元気に泳ぐやろか？」

呟《つぶや》きかけた夏生は、感傷めいた自分の言葉に苦笑いする。

「…それとも、また俺が気ぃ配らへん間にいなくなるんやろか？」

自分の言葉を回収しそこね、冷えた麦茶と共に喉《のど》の奥へとつまらない言葉を流し込むと、智明は脚をやや無造作に組み、おだやかな目許をさらに和《なご》ませた。

「やったら、金魚藻とかも入れたらんとなぁ。それと、あの綺麗《きれい》な瀬戸物のボール、…浮き球いうんやっけ？　あれ、入れよう」

らしくもない自分の感傷に智明があまりに自然に話を沿わせてくるので、夏生はしばらく言葉を失って隣の男を眺めてしまう。

「何？」

智明はいつものようにやわらかく目を細めた。

思わずつられて、夏生は笑いになりきらない歪《いびつ》な笑いを浮かべる。

この男はいつも自分を甘やかす。だからついつい、ずるずると甘えてしまうのだろう。

夏生は視線を巡らせ、座敷庭の上の空を仰ぐ。さっきの入道雲はさらにうずたかく積み上がり、一部濃い影を作っている。

「…ああ」

夏生の視線にあわせて空を見上げたのだろう。智明が低くつぶやいた。

「今日は夕立くるかもしれへんな」

幼い頃から一緒にいすぎて、あの事故の時もまるで半身のように寄り添っていた幼馴染みは、夏生が求めずともしっくりと思考がはまる。一緒にいすぎてあまりに自然で、あまりに楽なのはそのためだろう。

和子の言っていた見合話と、自分がここで感じていた閉塞感が頭をよぎる。夏生が今、ここで智明と並んで座っているのは、智明にとっては見えない呪縛《じゅばく》だろうか。

後祭に智明が誘ってくれたのにすぐに応じなかったのも、逆に智明には負担となったのだろうか。

「ひと雨きたら、涼しなってええかもね」

団扇で智明に風を送りながら、夏生はどこか上《うわ》の空な自分を意識しながら答えた。


表の戸締まりだけして、二人は何を急ぐわけでもないと、子供の頃から見慣れた山鉾よりもまずは屏風飾りを眺めてまわることを優先した。

あとは日のあるうちに、二年前に百五十年ぶりに復興されたという大船鉾《おおふねほこ》を一度見ておきたいというのが智明の言い分だった。それもかなり遅くまで明るいので、急ぐ必要がない。

祭が前と後とに分かれたために、この後祭で立てられた山鉾も以前の半分以下になっている。人も分散しているし通りも歩きやすくなった。

「最近は屏風飾るところも減った言うねぇ」

智明が持ってきた祇園祭の見どころマップを頼りに、まずはぶらりぶらりと室町通《むろまちどおり》を南下してゆく。

「なっちゃんのところも、昔は飾ってはったなぁ」

「そんなんもあったね。今は蔵にしまったままやけど。虫干しもしてへん」

飾っていたのは、やはり父が急逝するまでだったろうか。それとも、自分が事故に遭うまでだったろうか？　そのあたりは記憶も曖昧だ。屏風も価値のあるものだろうが、それこそ今の実家のように夏生一人では宝の持ち腐れだし、ただ傷むばかりだ。

「早いうちに、どっかに預けた方がええんかもしれへんなぁ」

今日は普段の自分にしては心許《こころもと》ない言葉ばかり出てくる。

「ああいう価値のあるもんは、いっぺん手放してしもたら、もう戻ってけぇへんよ。急がへんねんから、ゆっくり考えたら？」

虫干しぐらいやったら手伝うし、と智明はつけ足した。

最初の雨は、四時前だった。急にあたりが暗くなったかと思うと、いきなりザァァァッ…、と勢いよく降り出した。

とっさに頭を庇《かば》った夏生の手を引き、智明は近くの屋根の下に駆け込む。

慌てたように通りを人が走り、わらわらと軒下や近くの店に入る。開き直って濡れながら歩く者や、日傘を雨傘にして歩いてゆくカップルもいた。

路面に跳ね返る飛沫が白く見えるほどの激しい雨に、手近な屋根の下は人でひしめき合っている。次々と軒下に飛び込んでくる人に押され、いつにないほど智明と身体が密着した。

布越しでも、思っていたよりもはるかに高い智明の体温に焦《あせ》る。

「やっぱり降ってきたなぁ」

この状況をどう思っているのか、バケツをひっくり返したような雨を眺めながら、智明はたいして動揺のない声を出す。

だが、帰ろうという言葉は智明の口からは出ない。

そのあたり、この幼馴染みは昔から気も長いし、悠長に構えすぎだと史治や和子は言うが、夏生はこんな智明の鷹揚さが好きだった。夏生の気まぐれにも、いつも焦りもせず、怒りもせずに、ただただつきあってくれる。あまりに当たり前のように夏生の思いを汲み上げ、さっきのように話を沿わせてくれるので、会話がない時でも居心地が悪いなどと思ったこともなかった。

事故の怪我や、両親の死、叔父の裏切り、そんな様々なことが重なって、夏生の中で口惜しさや無力感、憤りといった感情がうまく昇華できずにいた時も、ただ黙って夏生に手を差し伸べてくれていた。

ずっとこれまで、夏生はそんな智明に甘え続けていた。

でもな…、と夏生は目を伏せる。

やはり年貢の納め時ではあるのだろうと、夏生は昨日の宗近のストレートな告白を思う。

「なっちゃん、雨脚弱なってきたし、そろそろ行こか」

智明は廂の下から長い腕を出し、ほとんど夕立が収まったことを確認して夏生を促す。

「ちょっとは暑さもましになったな。なんか甘いもんでも食べようか？」

確かに智明の言葉通り、激しい夕立のせいか、すっと気温も下がったような気がすると、夏生は智明と肩を並べた。

「氷やのうて、なんか葛きりとか、よう冷えたわらびもちとかがええなぁ」

口の肥えた長身の幼馴染みは、のんびりとした口調で笑った。


時間を急《せ》かない智明につきあい、少し前にオープンした町家を改装したこぢんまりとしたカフェで、葛きりを食べた。

老舗や有名店は混んでるから、これぐらいの店が休憩にはちょうどいいと言った智明の判断は正解だった。肩の張りすぎない和モダンに、大正浪漫《ろまん》を意識したようなアンティークな雰囲気が絶妙に融け合っている。

縁側に面した黒光りする丸いちゃぶ台を前にフカフカの厚みのある座布団に座り、黒蜜の中に揺蕩《たゆた》う葛きりの頼りない白さを見ていると、時間の過ぎるのも忘れてしまう。

かなり長い間、ぼんやりと手入れの行き届いた坪庭を見ていた夏生は、智明に尋ねた。

「うちもこういう風に力の抜けた大正浪漫にしたらええんやろか？　時代もんのがらくたは山ほどあんねんけどな、大正あたりのレトロ感はちょっとないなぁ」

昭和テイストはあるけど、と夏生は笑う。

「なっちゃんちもなぁ、全然、雰囲気悪ないんねんで。俺は落ち着いてて好きやけど。まぁ、アールデコやっけ？　こういう燻《いぶ》した雰囲気が好きやねんたら、徐々に集めてもええかもしれんけど」

ついでに居心地のよさから夏野菜のカレーも頼んで、食後にゆっくりとコーヒーを飲んだ。

立て続けに酒を呷っていた昨日とはまったく違う、智明の横でのゆるやかな時間の流れが好きだとつくづく思う。

すっかり日も暮れた頃、再び通りに出た。カフェの中でも、何度かの軽い通り雨があったためか、ずいぶんしのぎやすい気温になっている。

灯りの入った駒形提灯に雨よけのビニールがかけられているのも、それはそれで味だと夏生は眼鏡の奥で目を細めた。

「なっちゃん、ほれ、開運と立身出世のお守りな」

厄除け粽《ちまき》と『登竜門』と刺繍された開運守りとを、昨日、夏生が飲んだ『神蔵《かぐら》』の酒樽が積まれた鯉山《こいやま》の横で手渡される。

「開運に立身出世…」

「そや、店が繁盛して、妙な外野にも突っつきまわされへんようにな」

店に飾っとき、と智明は通りを歩きながら言う。智明は智明なりに、あの記事の経緯を気にしてくれているらしい。

その時、バラバラッという音がしたかと思うと、再び激しい雨が降り始めた。

「あ、また来たな。なっちゃん、こっち…」

智明に促され、軒下へと向かいかけた夏生は、凄まじい勢いで走ってきた若い男とぶつかった。

「うわっ…」

ちょうど足を横からすくわれた形になり、夏生はバランスを崩して左膝をつく。

「道の真ん中、突っ立つなや！」

舌打ちと共に言い捨てられ、夏生が眉を寄せて言い返そうとしたところを、さらに道の上についていた左手を、かたわらを走って行った女の子に下駄で踏まれた。

「痛っ」

さすがに痛みに声が上がった。

智明の腕がぐいと夏生の腕をつかみ上げ、立たせてくれる。

「踏まれたか？」

かたわらの屋根の下に導かれ、大丈夫かと、踏まれた左の手を丹念に、玄関灯の灯《あか》りで矯《た》めつ眇《すが》めつして確かめられる。

「痛っ」

踏まれた甲の部分に触れられると思わず悲鳴が洩れたが、患者の悲鳴には慣れているのか、智明は動じなかった。

「…多分、折れてはないと思う。ただ、ヒビいってるっていうか、亀裂骨折の可能性はあるから、あとでレントゲン撮って、一応確認さしてな。指先踏まれてたら、折れてたかもしれへんな」

折れてないとしても痛いやろ、あとで腫《は》れるかもな…、と智明はハンカチで手の泥汚れを拭《ふ》き取ってくれる。そうしている間も、隣に人が雨をよけて並んだ。

「ちょっと動こうか」

智明は少し夏生の手を引いて歩き、電信柱の陰になる路地へと入った。大人ひとりが通るのがやっとのような細い路地で、ずっと奥まで長い。その分、表の通りの喧噪《けんそう》は遠いし、こうして大人の男二人が並んで立っているせいか、入ってくる者もいない。

サァア…ッ、という雨の音に、この路地に閉じこめられたような気もする。

子供時代、路地を抜ける時に、わらべ歌の通りゃんせの中に出てくる細道のようで少し気味悪く思ったことをふと思い出す。今もやはり、少し現世《うつしよ》から乖離《かいり》しているようにも思える空間だった。

「少し擦《す》り剝《む》いたなぁ」

どうする、と跪《ひざまず》いて夏生の傷を見た智明が尋ねてくる。

「どうするて？」

気温が急に下がってきたためだろう。フレームレスの眼鏡のレンズが少し曇り、夏生は袂のハンカチで、今日、何度目かにレンズを拭いながら尋ね返した。

「うん、この雨上がったら…」

その先を、表通りの方へと目をやった智明は黙ってしまう。

今日はもうお開きにしようというのだろうか、と夏生はまださして更けてもいない夜を恨めしく思った。時刻的に、八時をまわったばかりだろうか。

祭から帰るには、まだまだ早い…、と夏生は智明の隣でしばらく口をつぐんだあと、尋ねた。

「…なぁ、智ちゃん、お見合い話あるんやろ？」

この間、和子に聞いてからずっと喉の奥につっかえていた問いが、ふいに口からポロリとこぼれた。

「…何？　誰に聞いたん、そんな話」

ああ、うちのお母さんにか…、と智明は否定するでもなく、低い声で応じる。

「結局、釣書見たん？」

夏生の問いに、智明はすぐ隣で夏生を見下ろし、目許をやわらげた。

「…いや」

「それって、相手に失礼にならへんの？」

自分の声が、かなりギスギスしていることを意識する。

「どうやろな？　そうなんかもしれへんね」

まるで他人事のようにも聞こえる智明のやさしい声が、今は無性に恨めしく、憎たらしく思えた。

「いっぺん、会《お》うてみたらええのに。智ちゃんやったら、きっとうまいこといくわ」

おばさんも心配してはったし…、と夏生はこじつけるようにつけ足したが、それには智明はどうとも答えなかった。

「そんな、俺にいつまでもつきあって、こんなとこまで連れ出してくれんでええし」

自虐的な笑いと共になじってみても、しばらく智明は黙り込んでいる。

「それとも、お見合いっていう形が嫌なん？　俺なんて、見合い話なんてとんときぃひんで」

ええ子やねんけど、どちらかなとでも親御さんがいはらへんと、お見合い話なんて持っていかれへん、ある意味、お見合いいうんは家と家とのバランス、釣り合い考えての話やからねぇ…、と前に店にやってきた、かしましい年配婦人らが話していた。

別に夏生の話ではなく、職場の女の子の話らしかったが、確かにそれはそうなのだろうと、あの時、冷めた思いでその話を聞いていた。

「代わりに連れ出してくれる相手ができたから、もう、かまへんか？」

ふいに低い声で尋ねられ、夏生は口をつぐんだ。

「…何？」

「あの背ぇ高い、なっちゃんとこの店の子、宗近君やっけ？　昨日の晩、宵々山見てまわったんやんな？　松本さんが言ってたけど」

昨日の晩、綾部医院の看護師のひとりが、夏生とびっくりするほど背の高い、体格のいい男の子が一緒に歩いているのを見ていたと、診療前に話していたらしい。

「なっちゃんはそれでええん？」

狭く長い路地で年季の入った木の壁にもたれ、智明はいつものおだやかな声で尋ねてきた。

「…ええて、どういう意味？」

後ろめたさの分、夏生の答える声は硬く、素《そ》っ気《け》ないものとなる。

子供の頃からの長いつきあいでも、智明の怒ったところなどほとんど見たことがないが、もしかして腹を立てているのかもしれないと夏生は思った。

そして同時に、怒らないように見えて、実のところは智明は長く自分に苛立ち、腹を立てていたのかも知れないと怖くもなった。

「…いや」

普段おだやかなトーンの智明の声が、一瞬低くなった。

気まずい。これまで感じたことのないほどに気まずい長い沈黙が、二人の間に落ちる。

気まぐれでややこしい雨が、また、サァァ…、と通りを濡らしはじめた。夏生は意図的にそちらへ意識と視線を向ける。

幼い頃、智明と喧嘩《けんか》をした時にもこんなに嫌な雰囲気を感じたことはなく、自分の中にずっとわだかまっていた苛立ちも含めて、息苦しい。気温は多少下がっても、呼吸をするのも苦しい高い湿度も、苛立ちと焦りを生む。

「なぁ、なっちゃん…」

呼びかけられ、夏生は男の方を振り向いた。

何か言いかけた智明の表情は、少し離れた蛍光灯の灯りに影となり、読みづらい。

それとも、本当は見えているのに、自分の怯《おび》えやわだかまりが目を曇らせ、智明の表情を読めなくしているのか。

怒ってんの？…、という言葉が夏生の喉まで出かけて、引っかかったままでいる。

怒っている、ずっと長らく夏生の存在は負担でしかなかったと言われれば、いったい何を言い、どんな顔をしてみせればいいのかわからない。

ずっと助けてもらえることに甘えてきた。それを利用してきたと言われれば、そうなのかもしれない。

固まった夏生をどう思ったのか、智明はさっきよりもおだやかな声に戻した。

「…雨上がったら、もう戻ろ。さっき踏まれた左手、気になるから、いっぺんレントゲン撮らして。傷も洗浄しときたいし」

智明が、言いかけたものとは違う言葉を紡いだのがわかった。

これで誘われた宵山は終わりなのだと、夏生は悟った。

あとは家に帰るだけ、それもほんの今朝まではずっと長く絶妙なバランスを保っていた関係とはトーンの違った、まったく別の関係となってしまって…。

四章

I

夏生は何か物言いたげな顔を見せる宗近に、あえて淡々と接していた。

あの晩、自分を口説いた男を夏生は強気に出て突っぱねたが、今はあえてあれはあくまでも酔った宗近の悪ふざけであって、自分はまったく気にしていないというスタンスを取っている。

だが、気分はずっと塞いだままだった。

朝は智明が見送ってくれるのは一緒だが、これまでとはまったく別の空気がある。朝刊を取りに出てくる智明は、まるで決められた義務を淡々と果たしているかのように見えた。

鷹揚な笑顔やおっとりした挨拶は同じだが、確実に何かが違う。朝は実にひと言、二言のたわいもない会話を交わすだけだったが、夏生にはかなり応えていた。

これまでは週に一、二度は綾部家で夕飯をご馳走になったり、智明が和子の心尽くしの手料理を差し入れてくれたりしたが、今はそれもない。

智明が和子に何か説明したのだろうが、そして、智明ならば別に夏生のことを悪く言うわけでもないこともよく知っているが、何を言われたのだろうかと少し気になる。

研ぎ上げた刃物を前にしばらく黙り込んでいる夏生をどう思ったのか、横で作業していた宗近は梱包作業の手を止めた。

宗ちゃん、と夏生は呼んだ。

「はい」

「今日はもう、店閉めようか。暑いし、あんまりお客さんの入りもようないし」

こんだけ暑いと錆も早いし、あかんなぁ、とつぶやく夏生のエプロンのポケットには、この間、智明が買ってくれた鯉山のお守りが入っている。

店の入り口には、粽も飾った。

しかし…、と夏生は目を伏せた後、仕上げた刃物を箱にしまいながら宗近に声をかけた。

「なぁ、店、鍵かけといてくれる？　俺、今日はこのあと約束あるんや」

「それはええですけど」

どこかピリピリとした雰囲気を漂わしたまま、取りつく島のない夏生をどう思っているのか、宗近は比較的あっさりと承諾する。

「ごめん、悪いな」

おおきに…、と言いながら、夏生は腰のエプロンを外した。

気は立っているようで、頭の中はどこか紗《しゃ》でもかかったようにぼんやりしているのは、自分が現実を直視したくないからだろうか。

メッセンジャーバッグを手に取り、バックヤードから出てきた夏生に、宗近が思いあまったように声をかけてくる。

「…夏生さん」

この間の続きを口にしそうな男の気配に、夏生は宗ちゃん、と呼びかける。

「三十路の男に血迷いな」

横顔だけで低く言い捨てると、夏生はそのまま店を出た。


宗近には約束があるとは言ったものの、実際に誰かと約束があるわけではない。

いつもよりも早い上がりに、夏生はこのまま家に帰ったものかと迷った。誰が待つわけでもなし、食事がてら憂《う》さ晴らしに少し飲んで帰ってもいい。

だが、結局、ひとりで飲む気にもなれず、夏生は自転車で前を通りかかった焼鳥屋でテイクアウトの鶏丼《とりどんぶり》を頼んだ。それも香ばしい匂《にお》いに、何を食べようかと迷うよりはこれで決めてしまった方が楽かも…というような、非積極的な理由だった。

注文を告げてしまってから、焼き上がりまでの待ち時間がそれなりにかかると言われ、自分のぼんやりぶりに小さく溜息をつきながら、他にアイデアもなく了承する。

出来上がりまでの間、涼みがてら近場のコンビニに寄り、無気力に雑誌の棚を眺める。そして、どうせコンビニに寄るのなら、ここで何か見繕えばよかったと自分の行為の無益さにさらに溜息が出た。

結局、限定サービスでライムソルトの小袋のついたコロナビールだけを買って、店を出る。そこだけが今、夏生のまわりで夏気分を演出できるように見えたためだ。

お盆を前に、日が暮れかけてもただただ暑い。なのに、あの祇園祭の日から、夏生の中には季節感が大きく欠けている。

そのくせ、丸一日朝からクーラーで冷やされた身体の芯《しん》の方は冷えて重い。外に出れば、そして朝、目が覚める時には暑いとは思うのに、なぜか汗が出てこない。

欠けているのは季節感なのか、それとも自分の中で時間の流れる感覚なのか。おぼつかないまま、夏生は自転車を漕《こ》ぐ。

再度、焼鳥屋に戻って鶏丼を受け取る頃には、店内に立ちこめた煙と肉を焼く臭《にお》いに、どうしてこんな焼鳥などに食指を動かしたのだろうと後悔していた。頼んだ時には店から流れてくる香ばしい匂いに、夏バテ気味ならスタミナもつけなければとちらりと思ったはずだが、いざ受け取ってみると考えている以上に気が重い。

いっそこれは明日の夜用に冷蔵庫に入れて、今夜はビールと茶漬けで…、などと思いながら自転車のペダルを踏んで、今日も熱気の籠もっているだろう家に向かう。

前は少し早めに仕事の終わった日には、ほとんど躊躇《ちゅうちょ》なく智明に声をかけていたが、あの宵山の日からはそれもない。

それも手前勝手な話なのだろうが、夏生は重い気分のまま、自宅の前までだらだらと自転車を走らせた。

空が夕暮れ色に染まる中、高い気温と湿度の中をぼんやりと帰ってくると、綾部医院の前から家の前までの道路が濡れている。

誰かが打ち水?…、とブレーキをかけたところを、綾部医院の前、リールに巻き取る前にざっくりとたぐり寄せたホースの脇にしゃがみ込み、例のハチワレ猫の顎下《あごした》を撫でる智明と目が合った。

どうしてこんな早い時間に…、と思いかけた夏生は、智明のTシャツにデニムというラフな格好を見て、今日は土曜で午後は休診であることを思い出す。だからこそ、こんな時間に和子に代わって庭の水やりと道路への打ち水とをしているのだろう。

智明は一瞬、らしくない、夏生の知らないまるで他人のような表情を見せたものの、すぐにいつものようなやさしい笑みを作ってみせた。

「おかえり」

「…ただいま」

智明の最初に見せたよそよそしい表情にためらったものの、もともと自転車のスピードを落としていたこともあり、夏生はそのまま自転車を止める。

どちらにせよ、家の中に自転車をしまうのに、斜め向かいの綾部医院の入り口にいる智明を無視するのも不自然だ。

「うちの前も打ち水してもろたん？」

「ああ、ついでやし」

智明はしゃがんだまま猫を撫でながら応えるが、件《くだん》の猫は夏生の視線を避けるようにすっと智明の陰に隠れた。

「おおきに、ありがとう」

夏生はテンション低く礼を言いながらも、智明がちらちらと手の下に頭を突っ込んでくるハチワレを気にかける様子や、猫が夏生の存在を知りながらもまだ智明の陰でその手にじゃれついているのから目を逸らす。

こんな関係となってしまっても、智明が黙って夏生の家の前にも打ち水をしてくれるのは、夏生が帰ってきた時に少しでも涼しくなるようにと気を配ってくれてのことだとわかる。せめてそれには素直に礼を言いたいと思っても、こじれてしまった今ではうまく言えない。

あんなに誰よりも自然体で甘えることができたのに、今となっては自分でもどうしようもない隔たりがある気がした。智明のやさしさはあいかわらずなのに、それが怖い。

だが、ここで自分が仏頂面《ぶっちょうづら》を作るのはやはり違うだろうと、夏生は冴《さ》えない表情のまま少しでも声をやわらげようと試みる。

「暑いのにごめんな、ありがとう」

「いや、なっちゃんこそ、暑いし身体気ぃつけや」

智明はそれ以上引き留める気はないようで、足許のホースを巻きにかかる。ハチワレはハチワレで、夏生には見向きもせずにそんな智明の足許にまとわりついている。

前は夏生の家に許可なく走り込んできたくせに…、と夏生は喉を鳴らしながら思うさま智明に甘えかかる猫を睨《にら》んだ。

自転車を降り、自宅の前へと押しかけた夏生は、未練から智明を振り返る。

「…なぁ、そいつ、智ちゃんと一緒やったら、俺とこ来《く》んねやろか？」

「さぁ、どやろな？」

猫やしな、思うようにはなれへんとホースを巻きおえて立ち上がる智明の足許に、あいかわらずハチワレ猫は頭をすりつける。

「…コロナビールがあるねん」

買ったのはコロナ一本だけだが、普通の缶ビールなら冷蔵庫にあると夏生はいつになく要領悪く言葉を継いだ。智明は意外そうに夏生を振り返る。

「あと、鶏丼も…」

せめて丼《どんぶり》ではなく、串であれば誘う理由にもなるのだろうが、と夏生は自分のチョイスミスを呪《のろ》いながらつぶやく。

「『点《ちょぼ》や』さんのやんな？」

なっちゃん、鶏好きやもんな、と店の名前の入ったビニール袋を見て取って笑う智明は、もう向こうから夏生の気持ちに添う気はないように見えた。ここまで言っても、いつものように巧みに夏生の言葉を汲《く》み上げることもない。

これ以上先を続ければ、いともあっさり振られるのだろうかと夏生は怖《おそ》れて、柄にもなく自転車をただ無意味に、小さく前後に揺らした。

その一方で、もうここではっきりとけりをつけておけば、高校の頃から続いていたこの甘美で不自然だった共犯意識にも終止符が打てる。ずっと自分に縛られ続けていた智明も逃げ道を得られるとも思った。

はっきりと壊れたことを確認することは怖いが、どちらにせよ、もう智明との関係はこの間から変わってしまってもいる。あと夏生が怖れているのは、それを目の当たりにすることだ。

「…智ちゃん、ナツキ連れて、来《き》ぃひん？　なんかひとりやと、味気ない」

智明の反応は薄い。夏生の言葉を理解できないようにさえ見える。前に智明がハチワレをナツキと呼んでいると笑っていたのを引いたつもりだったが、智明は何度か瞬《まばた》いただけだった。

「ごめん、それとも、もう晩ご飯終わった？」

さすがにあまりの智明の反応の鈍さに、夏生はやむなく自分の言葉を回収にかかる。智明はいつも夏生の方へと手を差し伸べてくれて当然だっただけに、少しでも智明の気をひけないかと足掻《あが》く自分は、ひたすら惨めな気がした。

智明は身をかがめると、猫の頭をひと撫でした。ハチワレは再び、智明の陰から顔を出し、こっそりと夏生の方を眺めている。今はその猫が、これまで智明に当然のように庇護《ひご》されていた過去の自分のようで、忌々《いまいま》しくさえ思えた。

「…何？　ひとりなん？」

智明は額に薄く汗の浮いたのを手で拭い、尋ねてくる。その言葉には色々な智明の思いが含まれているように聞こえた。

「うん」

夏生は言葉少なに自転車を引き寄せ、かたわらを通る車をよける。

「ちょっと待って。うちの母親に声かけてくる。先入っといて」

暑いから、と智明は夏生の家を指さすと、綾部家の玄関へと向かった。その足許をナツキが走ってゆく。

母親の代わりだからと手を抜くこともなく、暑い中、丁寧に水をまいたためだろう。そのバランスのいい広い背中にも、うっすらと汗が浮いているのがTシャツ越しに見えた。あのクーラーのよく効いたコンクリート打ちっ放しの店の中で仕事するうちに、冷えがクセのようになってしまっている夏生とは裏腹の、健全な身体を持つのだとわかる。いかにも精神面でも健全な智明らしい。

むろん、智明ほどの腕はとてもなかったが、自分も中学高校時代はそれなりに熱心に部活動に励んでいたのに、今は心身共に健全という言葉とは程遠くなってしまった…と、夏生はその広い背中を見送り、家の鍵を開ける。

案の定、家の中はむっとする暑さが澱《よど》んだように溜《た》まっていた。

「…暑《あつ》」

今になってようやく汗がうっすらと首筋や額ににじみ出し、つくづく己《おのれ》の不摂生を呪いながら、夏生は玄関の三和土《たたき》に自転車を入れる。

だが、智明が表に水打ちしておいてくれたおかげだろう。いつものように窓を開けておいた二階へと、すっとかすかな風が抜けてゆく。

ふと母がいた頃、夕方になると丁寧に水打ちされた奥の庭から、表の格子戸へと風が通っていったことを思い出した。

夏生は玄関を開け放したまま、台所に買ってきた丼とビールとを置き、表の間の格子戸際のガラス戸、つづいて奥座敷のガラス戸、二階に上がって自室と裏庭に面した窓とを開けてまわる。

すると暑いは暑いが、風はそれなりに通っていった。

久しぶりに軒の南部風鈴がチリーン…と、玲瓏《れいろう》たる音を響かせる。

下りてきた夏生が座敷のクーラーを入れていると、玄関から智明がどこか呆《あき》れたような顔を見せる。

「なっちゃん、窓も廊下も、何《なん》もかも開けっ放しのままクーラー入れるん？　不経済やない？」

さっきまでの微妙な反応とは異なり、よく知った智明の態度に夏生はほっとした。

「まぁ、もともと冷暖房効率は悪い家やしなぁ。風も通って熱気が抜けたら、あとはクーラーかなって」

あまりに暑いと智明に悪いと思ってクーラーを入れたとは言わず、夏生は曖昧に笑う。

「智ちゃん、猫はどうしたん？」

「ああ、さっき、うちの中に入る前にさっさと行ってしもた。あいつ、うちには入らへんねん。なっちゃんのとこには来たのに、何でやろな？」

「さぁ、肝試《きもだめ》し？」

夏生の返しに、智明は苦笑した。

「猫目当てやったら、悪いことしたな」

ついでに提げてきた紙袋を差し出してくる。

「…何？」

「コロナは一本しか買うてないみたいやったから、この間、槙野《まきの》がベトナム行ってきたって言うて、くれたお土産《みやげ》のベトナムビールと向こうのスナック」

「へぇ…、おおきに」

夏生は二本の缶ビールと、見慣れぬ文字が並ぶスナックの袋とを眺める。

智明の親しい友人なら、たいていの相手は知っている。槙野というのは、智明の高校時代の同級生で、夏生もよく知る相手だった。その槇野がベトナムに行っていたという話も、これまでなら智明にすでに話のネタとして聞いていただろうから、やはり智明との間にはいつにない距離があったのだろう。

「これ、何のスナック？」

「さぁ、ミニ春巻きや言うてたけどな。ああ、スプリングロールって英語で書いたる。胡散《うさん》臭いなぁ」

智明は微妙に安っぽいスナックの袋を指さす。

さっきよりも額や首筋に汗の浮いた智明を、夏生は見上げる。まだこの家の中が蒸すのか、クーラーの風にあたって、今になって汗がどっと出てきたのか。

「智ちゃん、よかったら、お風呂入る？　ここ、クーラー入れたばっかりやし、暑いんちがう？　すごい汗かいてる」

「いや、戻ったらシャワー浴びるし…っていうか、さっきもそのつもりやったから。水まいたら、風呂入ろうって。何？　俺、汗臭い？」

ごめん、気ぃつかへんかったと、肩口あたりに鼻を向けて、スンと鼻を鳴らす智明に夏生は慌てる。

「そういう意味ちゃうけど、汗気持ち悪ないかなと思って。シャワー使ってもらうんは、全然かまへんし、シャツぐらい貸すから」

「ああ……」

夏生の勧めに、智明はまだ少しためらうような様子を見せる。

「まぁ、そんなにきれいにはしてへんけど」

カビの出ない程度にしか洗っていないし、もともとタイル張りの浴室自体が古い。さすがに傷んだ檜《ひのき》の浴槽を手軽なステンレス浴槽に替えてはいるが、浴室や脱衣所自体に年季が入っている。

これまで夏生はたまに智明の家に転がり込んだりはしてきたが、智明が泊まって風呂場を使ったりしていたのはずいぶん以前の子供の頃だ。

「知ってる」

智明はここに来て、ニッと笑った。

「この間、浴室洗ったんも俺やしな」

そういえば宗近を泊める時、智明に掃除を手伝ってもらったのだったと思い出す。浴室掃除を引き受けてもらった時、そこまで酷《ひど》い状態だったろうかと、一瞬、夏生はたじろいだ。

だが、たまに智明も夏生をからかうこともあるので、それなのかもしれない。今は距離感がわからなくなっているから、その間合いが読めないのだろう。

「じゃあ、お言葉に甘えて」

勝手知ったる智明は、三和土の走り庭から座敷へと上がり、そのまま浴室へと向かう。

「なっちゃん、タオル貸してな」

脱衣所に足を踏み入れる智明の後を追い、夏生は慌てて脱衣所に置いたチェストからバスタオルを出した。

「これ使《つこ》て」

差し出すタオルを受け取りながら、智明は狭い脱衣所で夏生を見下ろしてくる。

「なっちゃん、丼あるんやったら、冷めるから先食べとき」

「智ちゃんは？」

「俺は家帰ったらなんなとあるし、大丈夫やで」

ひとりで食べるのは気が進まないが…と思いかけた夏生に、智明はいつものようなやさしい目を向けてくる。

「温め直しても平気やねんたら、すぐ出てくるから待っててくれるか？」

あいかわらず、夏生の思ったままを巧みに拾い上げる智明が嬉しくて、ただ黙って頷く。

これは智明の譲歩なのだろうか、それともあまりに情けない今の自分に対する同情なのかもしれない…、と夏生は少し乱暴な仕種《しぐさ》で頬のあたりをこすり、一階の奥座敷にガラス戸を立てまわす。

とりあえず、この部屋だけは風呂上がりの智明のためにクーラーを効かせておけばいいし、あとはせっかく智明が水打ちしてくれたので、家そのものにじっくりと風を通しておきたい。表の格子戸内のガラス戸さえ開けておけば、台所を兼ねた通り庭から奥の庭、そして二階へと自然に風が抜ける。

網戸のない通り庭から奥座敷の縁の廊下には、気持ちの問題だが蚊取線香を焚《た》いておく。さらに二階に上がって、自室から手持ちのTシャツの中でも少し大きめのサイズを出して、脱衣所に置いておいた。ついでに洗面台で少し汗の浮いた顔や腕、首筋などを洗って、さっぱりした。

すぐに出るからという智明の言葉に違《たが》わず、夏生がもらった缶ビールを冷蔵庫に入れたところで、智明が夏生の置いた濃いグレーのTシャツを着て出てくる。丼が冷めるほどの間もなかった。

とりあえずコロナビールを分けるかと、夏生は箸や取り皿と共にグラス二つを取り出す。サービスのライムソルトの小袋はどうしたものかと思ったところに、タオルを肩から引っかけた智明がかたわらにやってきて腰を下ろす。

「何、これ。ライムの代わり？」

「コロナについてたサービス品。入れる、入れへんは好みかな？」

本当はライムをカットして入れたいところだが、あの時はそこまでの情熱も気力もなかった。

「ちょっと待って」

夏生は台所の流しでグラス二つの口を濡らして戻ると、小皿にライムソルトの中身をあけ、グラスの縁に塩をまぶしてみる。グラス二つ分だと微妙に塩が足りないのはご愛敬《あいきょう》だ。

「おしゃれやね。家飲みやのに」

へぇ、と代わり映えもしないただのグラスに、智明は感心してくれる。

「次はちゃんと二本買ってくる」

小瓶《こびん》を二人で分けると本当に少しずつだが、それでも久しぶりにこうして智明とビールを飲むことを思うと気分は弾む。

乾杯、とグラスを合わせてビールを口に含むと、それなりにライムの香りと塩とが利いて、すっきりと飲み口がいい。

「へぇ、こういうの悪くないなぁ」

風呂上がりで喉も渇いていたのか、智明が嬉しそうにグラスを呷《あお》る横で、夏生は買ってきた鶏丼を小鉢に取り分けようとする。

「ええよ、なっちゃん、ちゃんと食べんと夏バテするで。俺のまで分けたら、なっちゃん食べる分ないやろ?」

「いや、他にあてもないし。卵焼きぐらいやったら作れるけど…、他、チーズぐらいあったかな? チーズオムレツとかするでよかったら…」

腰を上げかけた夏生の腕を、ええって、と智明がつかんで制する。

「とりあえず、先にそれ食べって。冷めるから」

促した智明は、結局、夏生が丼を二つに分けるのを見ながら、俺な…、とグラスを手にしたまま、つぶやいた。

「俺…、ずっと長いこと、なっちゃんが早いこと結婚してくれへんやろかて思てた」

久しぶりの飲みでそう切り出されるのはどういう意味なのかと、夏生は固まる。

さりげないようでいて、ずいぶん衝撃的な告白だった。それだけ自分はこの男の足を引っ張っていたり、智明にとって良心の呵責であったりしたのだろうか。

確かに薄々自覚もあったし、そこに夏生は共犯意識めいた感覚も抱《いだ》いていたが、智明にとって苦痛であった、共犯意識はあくまでも夏生の一方的なものだったと言われれば仕方ない。

固まった夏生に、智明は苦い笑いを浮かべる。

「違うねん、なっちゃんに幸せになってほしいって思ってんのは…、それこそ誰よりも幸せになってほしいっていうのは本当や。ただ、なんていうんやろ、なっちゃんが幸せに結婚してくれれば、俺の内側にある色んな面倒な思いもケリがつくんと違うかなって」

「…ケリ？」

ああ…、と智明はいつにない乱暴な仕種で頭をガシガシとかいた。

「可愛い女の子とひっついて、俺も納得できるような幸せな所帯持ってくれたら、色々諦《あきら》めもつくんと違うかなって」

諦めるという内容に困惑する夏生に、智明は自嘲《じちょう》気味に口許を歪《ゆが》めた。

「そやなぁ、あんまり自分の汚い部分晒《さら》すみたいであれやけど、独占欲とか…？　よくいえば庇護欲かもしれへんけど、もっと支配欲に近いような排他的な感情かもな」

「排他的って…、智ちゃんにそんな感情あんの？　聖人君子みたいな顔してるのに」

信じられへんと夏生はつぶやく。

「そら、俺もええ歳《とし》の男やし、別に聖人君子になるつもりもないけど…。普段はあんまり考えへんようにはしてる。そういうので気持ちが乱れるのは弱いんかなって」

いかにも学生時代、弓道でコーチに弓を引く時に欲や邪心がないと言わしめただけはあると、夏生は半ばは呆れ、半ばは感心する。気持ちが乱れるから考えないという言い方が、いかにも自分を律することに長《た》けた智明らしい。

だからこそ、高校総体も狙《ねら》えると言われるほどのあの実力だったのか。

だが、同時に智明の方に独占欲があったと言われると、やはり共犯意識のようにも考えていた夏生自身も間違えていなかったのだとわかる。ただ、それの行き着く先、辿《たど》り着く先を智明が乗り越えるかどうかというのは別問題だ。

智明はもともと、異性に不自由のない男だ。夏生との関係はあくまでも精神的な共依存に終始して、肉体関係には及ばなかったのが、これまでの夏生と智明の関係なのだろう。

「そういうの、智ちゃんらしいなぁ」

俺なんか、欲まみれやと夏生は小さくぼやく。

「…っていうより、突きつめて考えると怖いっていうのもある。人の人生歪めるようで…」

「…誰の人生が歪むん？」

その答えを半ばは知りながら、夏生は低い声で探る。その答えを知りたいと望む自分は、やはり歪んでいるのだろうか。

智明はいつものように、すでに夏生の気持ちを先読みしているようなおだやかな表情で笑う。

「だから、なっちゃんが可愛い女の子や、なっちゃんのすごい理解者になれる明るい子と幸せになってくれたら、何も歪まへんし、めでたしめでたしで終わるんちゃうんかなって…」

言いかけて、智明はひとつ溜息をつく。

「ずっと、そんなん、どこかで夢見てたわ」

「…俺は、智ちゃんの夢壊してしまうんやろか？」

長いこと智明には執着してきたが、それはそれでまるで自分は智明にまとわりつく疫病神のようだと目を伏せる夏生に、智明はふわりと目許をやわらげる。

「壊しはせぇへんよ」

むしろ、と智明は言葉を継いだ。

「逆に俺がいつか、なっちゃんを歪めてしまうんやないかなぁって、自分がこれ以上束縛したらあかんのに、いつまでも手の中に飼っときたいって思て、縛ってるんやないかなあって…」

智明は恐ろしげな言葉とは裏腹の、どこか痛いようなやさしい目を向けてくる。どうあっても夏生を傷つけずにすまそうとするのが、この恋しい幼馴染みだった。

「だから、あの背ぇ高い彼氏が出てきたんやったら」

宗近のことかと息を詰める夏生に、智明は小さく笑う。

「まぁ…、俺の予想してたような女の子やなかったけど、それもありなんかと思った」

「…宗ちゃんは彼氏なんかやないよ。そんなつきあいでもないし。師匠の息子で、歳は下やけど、俺にとっては先輩格にもなる」

言いながらも、それは嘘《うそ》だと思う。宗近にははっきりと好意を仄《ほの》めかされている。

「そうなん？」

疑問形ではありながらも、智明は声音《こわね》と視線とで夏生の矛盾を指摘してくる。

「なっちゃんはほんまにそう思てんの？　宗近君の好意なんて、俺でもわかるよ。なっちゃん、そんなに鈍い人間やないやろ？」

言いまわしこそやさしいが、中身はきつい智明の指摘に夏生は目を伏せた。

「わからへんふりしてんねんたら、それは向こうにも気の毒ちゃうか？」

智明はかつて夏生の矢筋を正した時のように、冷静な声で指摘してくる。普段の低くくぐもったやさしい話し方以上に、夏生はこの落ち着いた冷静な声が好きで、昔からずっといつまでもこの声を聞いていられればと願っていた。

「…ごめん」

夏生はつぶやく。

当時も今も、智明にこのトーンで話されると自分の中の一番正直な部分が顔を出す。今も昔も、智明と一緒にいるのが一番楽しくて仕方がない自分を意識する。

「宗近には…、悪いと思ってる。…でも、俺、好きな相手いるし…」

苦い呟きから先はうまく言葉にできず、夏生は何度か手を握ったり開いたりしたあと、智明の方へと伸ばした。

柄にもなくみっともなく震える手を、智明は笑いもせず、逃げもしなかった。

夏生はテーブル越し、智明の濡れた固い髪に触れ、そのまま頬、見た目以上にがっしりした首筋へと触れる。クーラーの冷気の中でも、筋肉質な智明の首筋はしっかりとした熱を持っていた。

智明は黙ったまま、この間のような一見おだやかな、それでいて内心の窺《うかが》い知れない静かな表情を見せる。それが今は逆にたまらず、夏生はさらに腕を伸ばし、愛《いと》おしい男の肩や頬に触れる。

これまでこういう風に触れたかったのだと思うとたまらなくて、夏生は自分から膝でにじり、濡れた男の髪をさらにかき上げ、智明の頬に口づける。

頬、こめかみ、髪…、と続けてキスしたところで、軽く夏生の腰を引き寄せながら、智明が低く笑った。

「なっちゃん、アホやなぁ」

言葉ほどの揶揄《やゆ》もない、いつものやさしい声と共に頬に、そして、唇にとキスが降ってくる。

本当に唇が触れあうだけのことなのに、まるで子供をなだめるようなふわりとしたキスなのに、それだけのことに胸が震えた。

「ちゃんと逃げ場もあったのに、なんで俺んとこ、戻ってくるん？　なっちゃんやったら、これまでいくらでも相手おったやろ？」

じゃれあうようなキスと、苦みを含んだ智明の低い声に胸が震えて、夏生はどんどん智明の方へと身を寄せる。

「逃げよう思たことなんて、一度もない…」

呻《うめ》きに近い夏生の声を、智明は少し深めのキスで塞いだ。少し湿った唇はやわらかくて、触れあった舌は熱くて、夏生は夢中で舌を絡める。

ふわりと身体を離された時には、唇を重ねている時の方が自然にも思えて、夏生は縋《すが》るように男を見上げてしまう。

「堺に行った時、このまま帰ってきぃひんかったら、もうなっちゃんの手ぇ離せるかなと思った」

智明も逃げたかったのか、それとも…、と夏生は眼鏡越しに男の目を覗き込む。

「手の中に飼っときたいって…、ほんま？」

ああ、と智明は笑う。

「女の子やったらお嫁にもらうって言ってたやろ？」

だが、夏生は女の子ではないし、そうありたいと望んだことなど一度もない。

ただ、智明がそう言ってくれる意味はわかるし、確かに自分が女ならば、話はもっともっと単純だった。

「でも、結局…、男でも一緒や」

もっとややこしいけどなぁ…、と智明は聞き取りづらいほどの低さでつぶやいた。

捕まえたつもりで、捕まったのか、それとも二人共、互いに互いを搦《から》め捕《と》っているつもりだったのか。

それでも、智明の寄せてくれる気持ちを気味悪いと思ったことや、怖いと思ったことは一度もない。ずっと物心ついた頃から、智明の存在は常に夏生にとって温かく、自分の中で一番やわらかく大事な部分、の救いでもあった。

夏生は薄く笑うと、再度智明に唇を寄せる。キスの合間に、智明の手が夏生の髪や肩、背中と確かめるように撫でてゆく。いつものように温かく大きな手に、これまでにはなかった熱と艶《つや》が籠もっているのがわかる。

「智ちゃん、待って」

夏生は智明の手に、手をかけた。

だが、智明の手は止まることなく、むしろ逆に熱っぽく大胆な動きで、夏生をやんわりと床に押さえ込みにかかってくる。

「なぁ、ちょっと待っててって」

自分の身体のラインをシャツ越しに辿る幼馴染みに、床に敷き込まれた夏生は軽く抗《あらが》った。

「智ちゃん、ちょっと…！」

小さい舌打ちにも似た短い音が智明の口から洩れて、荒々しく見える仕種で男は身体を起こした。

完全に舌打ちとまでは言えなかったが、智明がそんな風に自分の苛立ちを表現するところなどはじめて見た夏生は、身体を強引に引《ひ》き剝《は》ぐような智明の仕種よりも、強く眉《まゆ》を寄せた半ば自分を睨みつけるような男の表情に驚く。

「ごめん…、俺も汗かいてるから、シャワーかかってくるし」

このタイミングで興を削《そ》ぐのはまずかったろうかと口ごもる夏生に、智明は近い距離でわずかに首をかしげる。

「…手伝おか？」

こういう冗談も言うのかと、夏生は固まった。ずっと子供の頃から知った仲とはいえ、こういう色めいた雰囲気になったことはなかったから、こんな智明のノリは知らない。夏生がどうしてもと望めば智明は応じるのではないかと思ってはいたが、リアクションが想像を超えている。

「…いや、ありがとう」

十分やし、と腰の引けた夏生に智明は軽く笑い声を上げ、腕をつかんでいた手を離した。

「智ちゃん、そういうこと、言うんや？」

侮《あなど》れない一面を持つなと、夏生はまだ計り知れない歳上の幼馴染みをまじまじと見た。

「なっちゃん、あまりに顔引《ひ》き攣《つ》らせてるから、一応、その緊張解いとこかなって」

「…ああ」

これは外科医としての経験値なのだろうかと思いながら、夏生はあらためて身体を離した男をまじまじと眺め見る。

確かに智明はこれまで夏生がつきあってきた相手を何人かは知っているし、そんな夏生の経験値を考えると、こんな場で緊張するようなタイプには見えないのかもしれないと、夏生は握った拳《こぶし》で頬をいくらか押し撫でる。

だがそれほどに、智明を前にすると色々うまくやれることとやれないことが、自分でも両極端に出てくる。

「やっぱり、手伝おか？」

顔を覗き込まれて、夏生は慌てて立ち上がる。

「いや、十分やし」

そんな泡を食った夏生を見て、智明は楽しげに声を上げて笑ったあと、また、いつものふわりと落ち着いた安心できる笑みを見せた。

「ええから、行っといで。待ってるし」

夏生は柄にもなく頬を染めると、照れ隠しにさほど長さのない髪をかき上げ、奥座敷を出た。

シャワーを浴びる途中、買ってきた丼も途中で放ったままになってしまったことに気づいたが、今は食い気などすっかり飛んでいた。身体を洗い終えた夏生が風呂から出てくると、奥座敷に智明がいない。

どこに…、と探す夏生に、二階から智明の声がかかる。

「なっちゃん、ごめん、こっち。先上がらせてもろた」

「ああ…」

パジャマ代わりのTシャツと薄いベージュのジャージパンツを身につけた夏生は、二階へと上がった。

上がってゆくと、クーラーの効いた夏生の部屋で智明がベッドに座り、窓を小さく開けて外を眺めていた。

「ごめん、勝手に部屋入って。クーラーつけさせてもらおうと思たら、もう、ちゃんとなっちゃんが気ぃ利かせてくれててんなぁ」

「ああ」

さっき、着替えを取りに上がりついでに入れたものだ。

「窓開けてんの？」

夏生はベッドに乗り上げ、智明の横から何を見ているのかと覗く。簾の向こうは下の奥座敷の灯りにうっすらと照らされた庭と蔵があるだけだ。

「うん、外の街の音聞いてた。なっちゃんの部屋やと、こういう感じやったなって」

表通りを単車が走る音、近所のテレビの音、遠いクラクション…、いつもと変わらぬ夜の音だが、智明にはまた違って聞こえるのだろうか。

「…違うやろか？」

「うん、少しな」

そう言うと、智明は夏生の顎をそっとすくう。

丹念なキスが降ってくる。

「…ん」

自分の部屋というのはどうにも気恥ずかしいものだと照れながらも、すぐに夏生は智明らしい優しいキスに溺《おぼ》れた。

心底好きな相手とのキスは、ボウッと身体が熱くふわふわと浮かぶようになる。そして、まるで舌先から甘く溶けるように思えるのだと、夏生はグズグズに蕩《とろ》けかけた身体を横抱きにされながら思った。

「…待って、電気消す」

ふわふわとキスに浮かされ、夏生はキスの合間に譫言《うわごと》のようにつぶやいた。

「さっきから、『待って』ばっかりや」

言葉ほどの意地の悪さもない声で智明は笑い、立ち上がっていって電気を消す。代わりに夏生は小さな障子紙を使った枕許の読書灯をつけた。

その間に、智明はさっさとTシャツを脱いでしまう。

「…え、あ…」

智明が再度ベッドの上に乗り上げた時には、夏生は身体を背中から抱くようにされた。そのまま、眼鏡が取られてサイドテーブルへと置かれてしまう。

ベッドの上に横たえられ、背後から抱き込まれながら、完全にイニシアティブをとられてしまった夏生は、そっとシャツの下へと潜《もぐ》り込んできた熱っぽい大きな手に軽く息を弾ませる。

夏生の肩口に顎を乗せるようにして、智明はすっと臍《へそ》の周囲を撫でた。

「ん…」

それだけのことなのに、妙に気恥ずかしくて夏生は小さく喘《あえ》ぐ。

温かな手はゆっくりと思わせぶりに臍の周囲をくすぐったあと、夏生のシャツをたくし上げながら胸許へと這《は》ってくる。

治療時とはまったく異なる動きを見せる手が、身体のラインを確かめるように胸許を撫でた。

「ん…」

かすかに湿った手を、期待に尖《とが》った乳頭が突くのがわかる。

「こんな形になるんやなぁ…」

夏生の興奮をさっさと察した智明の手は、指の腹で尖った乳首を丸く転がす。

それだけで、ふっ…、と喉奥で呻くような声が洩れた。

胸への愛撫など、男相手に遊んだ時にもほとんど経験がないが、乳頭をゆるく押し潰されながら、乳暈《にゅううん》のラインを丸くたどられるとゾクゾクするような快美感が生まれる。

「……ん」

「なっちゃんのは、小さくて可愛い」

低くくぐもった声がつぶやくのに、夏生は喉の奥で濡れた声を嚙《か》み殺して憎まれ口をたたく。

「そんなとこ、たいして……」

言いかけたものの、ぞっとするほど緩慢な指の動きにすぐに悲鳴めいた声が洩れた。強さのないじんわりとしたもどかしい動きが、かえって淫靡《いんび》な感覚をもたらす。

どこでこんなことを覚えてきたのかと、夏生は智明のこれまでつきあった女達の顔を思い出しながら、背筋を震わせた。

密着した背中が、燃えるように熱い。熱いのは自分の身体なのか、それとも背後の智明なのかわからないほど、ゆるゆるとした乳頭への愛撫《あいぶ》に焦《じ》れていた。

一方で熱っぽい手は、夏生の腹部のなめらかさを確かめるように、ゆっくりと円を描きながらまさぐっている。いっそ早く薄いニットジャージの下へとその手をくぐらせ、すでに頭をもたげている夏生自身を握りしめてくれればいいのにと、夏生はもどかしさに歯を食いしばる。

「なっちゃん、こんな声出すんやなぁ」

夏生を背後から抱き取って、胸への愛撫だけで煩悶《はんもん》させながら、肩口に顎先を埋《うず》めた男は低く笑った。

「ここ、舐《な》めたらどうなる？」

「…知らんし…」

こうして弄《いじ》られただけで下肢《かし》まで疼《うず》くような甘さが走るのに、そんな真似《まね》をされればどうなることかと夏生は喘いだ。

「智ちゃ…、っ…、すごいオヤジくさい…」

なじると、智明は背後で含み笑いを洩らす。

「実際、オヤジやしなぁ」

三十男やで…、と笑う智明自身も、密着したデニム越し、すでに両脚の間のものが固く頭をもたげていることがわかって、ほっとする。

「…してみたら？」

挑発する夏生の声は、期待にかすれた。

「ん？」

背後でからかうように笑う智明の声は、低くて甘い。夏生はそれに安堵《あんど》しながら、なおも誘った。

「舐めたら、ええやん」

じゃあ…、と智明は、クッと乳頭を指先でよじって夏生を呻かせる。

「このシャツ、脱いでくれる？」

耳許でやさしい声に低く請われ、夏生は息を弾ませながら身体を起こす。

そして智明をゆるく睨むと、あえて身体を男の方へと向け、見せつけるようにその前でTシャツを脱いでやった。

「おいで」

シャツを床に落とした夏生の照れ混じりの挑発に、智明は腕を伸ばしてやさしく誘う。

その長身に敷き込まれ、夏生はベッドの上で再びキスに溺れた。直《じか》に触れあう体温は心地よく、うっすら汗ばんだ互いの肌にも興奮する。

「ん…」

唇を合わせ、懸命に舌を絡めながら、夏生はさらに胸許を乳暈ごと指の背で弄られ、剝き出しの男の背をかき抱《いだ》く。

こめかみ、耳許、首筋…、と唇が這わされると、弾んだ息や湿った声を隠す気もなくなった。

智明の肩から胸許、そして同じように乳頭をくすぐるように愛撫してやる。男が喉奥で、低くくぐもった笑いを洩らした。

「あ…」

鎖骨から胸許へとすべった唇が、そっと乳暈を食《は》むと、その感覚の甘さに濡れた声がこぼれる。

「…ぁ…、ん…」

温かく濡れた口中で、やわらかく伸び上がった乳頭を無理のない絶妙な力加減で転がされ、夏生は喘いだ。

「ん…、次はこれ、俺が智ちゃんにするし」

次は同じように智明を煩悶させてやると、その頭を抱えながら腰をゆらめかせる夏生に、智明は巧みに胸許を吸い上げながら笑う。

「そやな、楽しみにしてる…」

ならば、今は思うさま感じる姿を見せてもいいのだと、夏生は智明のデニムへと手を伸ばし、その前立てを開く。

「触る、俺も…」

智ちゃんの…、と舌が巻いてやや絡まる中、夏生は固く猛《たけ》った男のものを下着越しに握りしめる。手に余る大きさのものがすでに先走りで濡れているのが、湿った布越しにもわかる。夏生は臍の周囲をやさしく愛撫されながら、次は下着の中へと指をくぐらせた。

「はっ…」

直接に猛ったものを握りしめ、その大きさと固さに感嘆しながらも、懸命にその強張《こわば》りを撫でる。しかし智明は、夏生のジャージをずらし、臍の周囲をやんわり刺激するばかりだ。そんな男に焦れ、夏生はみずから手を伸ばして下着の中のものを握りしめた。

「は…っ」

握ったものを我慢しきれずに刺激しはじめる夏生の手を、男は手をすべらせて、ゆるく拘束してくる。

「ちょっと、なっちゃん、我慢が足りひんのとちゃう？」

智明の手に抑え込まれながら、夏生は息を弾ませる。

「いつまでも焦らすから…っ」

「焦らすってなぁ…」

智明は苦笑と共に夏生の下着をジャージごと脱がせると、自分もデニムを脱ぎ捨てると共に、そのポケットから医薬品らしきチューブを取り出す。

「何？　薬？」

尋ねると、智明は悪戯《いたずら》っぽい目を見せる。

「グリセリン使った医療用の滅菌ゼリー、平たく言えば潤滑剤。外科処置以外にも、色々使えんねん」

「何、やらしい。使ったことあるん？」

この様子だと自分がシャワーを使っている間にでも、医院の方に取りに戻ったのか。

「いや、こういう時に使うんは初めてやけど、これ、医療関係者の間では当たり前の話やし、通販やとアダルトカテゴリーで出されてる」

低くなじる夏生の前で、智明は慣れた手つきでチューブから透明のゼリーを手のひらに取り出してみせる。あまりにたっぷりと出されて、逆に夏生が面食らったぐらいだった。

「…それって？」

「こうして使う」

しー…っ、とささやいた智明は、夏生と唇を重ねながら、両手を合わせていたかと思うと、するりと夏生の臀部《でんぶ》に手をすべらせた。

「あっ…、濡れて…」

夏生は上がりかけた悲鳴を懸命に噛み殺す。あまりにたっぷりと濡れた感触に驚いたが、智明がしばらく手のひらで温めていたためか、思っていたほど冷たくはない。ただ、信じられないほどに濡れた感触が、ゆっくりと蠢《うごめ》く智明の手のひらによって、臀部から両脚の間に塗り広げられる。

その間もこめかみや頬に智明のキスが降ってくるからいいようなものの、あまりに感覚的におぼつかなくて、夏生は目の前の男の肩に半ば爪《つめ》を立てるようにして縋る。

「シーツ濡れるとあれやな」

どこかに客観的な部分があるのか、智明は意外に冷静な声で夏生の腕を引いた。

「ちょっと、なっちゃん、俺の膝の上来て」

智明は身体をずらすと床に下りてベッドを背に胡座をかくようにし、その上に夏生を膝立ちに近い形で跨《また》がらせる。暗くなかったら、正気の沙汰ではないような姿勢も、正面から智明が抱きしめてくれるから何とか耐えられる。

ゆっくりと臀部から際どい箇所、股の間から完全に上向いた前まで智明の手がゼリーを塗りつけてくるのに、夏生は何度も浅い息を吐いて、腰が浮き上がりそうになるのを耐える。

「…信じられへん」

荒い息の合間に、夏生は呻いた。呻く夏生の窄《すぼ》まりを、智明の指がゆっくりと円を描くように撫でるその感触もタイミングも、想像していたものとは違う。

「そうか?」

応じる智明の声があいかわらず飄々《ひょうひょう》としているのに、夏生は再度、信じられへんとつぶやいた。

「…んっ」

その間にも、ヌルリとゼリーのぬめりを借りて智明の指が夏生の中に沈み込んでくる。その危うい感触に何とか智明の肩に爪を立てるまい、肌を傷つけるまいと歯を食いしばってこらえる夏生に、智明はいつものようにのんびり聞こえる声をかけてくる。

「なっちゃん、つかまっといてええで。多少ぐらいやったら、ひっかいてもええし」

「でも…っ」

内側に異物が侵入してくる感覚は何とも言えないもので、危うい快感と不快感とが表裏一体である。

し―…っ、と智明は浅い息をつく夏生の唇に触れ、さらにキスを与えて小さく笑う。そうやってなだめてもらえるからこそ、何とか耐えられる。夏生は男のゆるやかな指の出入りに伴って起こる快感を、懸命に追おうとした。

「腰の力抜いてな」

このあたり、とすっ…と、腰骨のあたりを撫でられると、小さな悲鳴と共に腰が浮き上がる。

「あっ…」

浮いた腰に、さらにゼリーの潤いと共に指が深く下から潜り込んで、夏生は困惑しながらも男の首に縋りついた。

「…はっ…、あっ…」

智明が巧みなのか、そこからは不快感よりもむしろ、スムーズに出入りしはじめた指の動きに意識が持っていかれがちになる。男の指の動きにつれて、勝手に腰が揺れて、喉奥からはかすれた声が洩れ続ける。

「…何？　こんなん、慣れてんの？」

自分の中から自在に快感を引き出されることへの焦りと、これまでの智明の過去に対する悋気《りんき》から、智明の首に縋ったままなじった。

「そういうわけやないけどなぁ」

そんな夏生をあやすように抱き止めた智明のくぐもった声は、どこまでも甘くやさしい。

「じゃあ、なんでこんなんっ…」

「俺ぇ？」

智明は低く笑った。

「そらぁ、なっちゃんとこうなったらとか、色々考えたことあるからかな」

今になっての智明の正直な告白に、夏生は頬を上気させる。ゆっくりと二本目の指が無理のない力で内側に進んでくる中、今さらのように心臓が躍った。

「…考えたこと、あんの？」

甘く濡れた呻きの中から、夏生はかすれた声で尋ねる。

「あるよ、内緒やけどな」

智明は悪戯っぽい目を見せ、下から夏生と唇を合わせてくれる。キスに応える夏生の口許が、自然にゆるんだ。

「んっ…、んっ…」

キスの合間に智明の指によってゆるやかに下肢を穿《うが》たれ、濡れた粘膜を少しずつかき混ぜるようにされると、身体の内側が蕩《とろ》けたようになってくる。

「は…、あ…」

長い指の動きに疼くような感覚を覚え、夏生は煽《あお》られるままに腰を揺らした。

「なぁ、なっちゃん、ベッドに手ぇつける？」

時間をかけ、ドロドロになるまで丁寧に内部をほぐされた夏生は、もう男の言葉に抗うことなど思いもしなかった。

「ん…」

火照《ほて》った身体を起こし、夏生は男に助けられるままにベッドに上体を伏せた。

膝をつき、薄い腰を智明の前に突き出す姿を取る羞恥《しゅうち》も、手早くゴムを装着して、その腰に手を添えられることにも、今はただただ煽られる。

　上体だけ伏した身体に、智明が背後から覆いかぶさってくる。ジェルで溶けほぐれ、より深い悦楽を求めて口を開いたり窄めたりする入り口に、熱く猛ったものを押しあてられて、夏生は低く喘いだ。

「あ…」

　無理のない力で、智明がゆるやかに押し入ってくる。

　それでもいっぱいいっぱいにまで押し広げられると、今にも腰が壊れそうな恐怖と表裏一体の、きわきわの危うい感覚がある。

「んー…」

　煩悶する夏生の腰を抱きながら、智明がそっと背中から臀部を撫でてくれる。そうされると細かく震えていた夏生の身体も、ゆっくりと智明を呑み込んでゆくのがわかる。

「…ぁ…、智ちゃん…」

　どうなってしまうのかと、夏生はシーツを握り、智明の名を何度も呼びながら呻いた。

　ズルリと先端が沈み込むような感覚のあとは、今度は重く長大な杭《くい》が中へ深く深く埋まり込んでゆくようだった。それがまた、恐怖に近い快感を生む。

「…智ちゃんだけ…」

　こんな真似を許すのは智明だけだと、夏生はその息苦しさに薄く涙を浮かべて喘ぐ。

「夏生」

低い声に、普段とは違う呼び方で呼ばれると、ゾクリと身体が震えた。密着した背中越し、智明の声が身体の中に響いた気がした。

「…は…、ぁ…っ」

それだけで、またさらにずるりと智明が埋まり込む。

「今、呑み込まれた」

なっちゃんの中…、と智明が満足そうに息を弾ませる。智明の得ている快感が、つながり合った場所からも伝わってくる。

「…入った？」

「うん、全部な」

よかった、と夏生は呻く。

「ぁ…、すご…」

おっきい…、と夏生はシーツの上に突っ伏しながら、喘いだ。

「温かいんやな、なっちゃんの中は…」

それだけで快感とはまた別の喜びに身体が浮き上がるように思える。ゆっくりと自分の中が埋め込まれた男に絡みつき、呑み込んで震えるような気がした。

「ん…」

智明の大きさに慣れると、やがてじわじわと快美感が生まれてくる。

「あ…、智ちゃん…」

たまらず、夏生はゆっくりと腰を蠢かした。

「すごいな…」

智明が妙に色っぽい声で低く笑うと、無理のない力で夏生を突き、煽りはじめる。

「俺、なっちゃんみたいなタイプ好きやで」

夏生の淫《みだ》らさを許す声に、夏生も小さく鼻を鳴らし、甘えた。

「あ…、気持ちいいから…」

そのうなじに、肩口や背中にと、背後から身体を折った智明が口づけてくる。

「あー…、ぁ…っ」

ゆるく引かれて、さらに際どい快感に背筋が震える。

うわ…、と智明が楽しげな声を上げた。

「こういうんもええん?」

「あんっ…」

再度押し込まれ、ゆるく引かれるようにすると、信じられないほど淫らな声が洩れる。

「…すごいな」

男の呟きに、夏生の感度ではなく、信じられないほどの智明の巧《うま》さのせいだと、夏生は腰をゆらめかせる。

「あっ…、あっ…」

丁寧に責められ、夏生は徐々に奔放《ほんぽう》に腰を揺らしはじめた。それに応じ、智明も背後から突き入れてくる。

「んぁ…、あっ…」

夏生は最後は自ら腰を突き出すような、動物めいた格好で動いた。

「夏生、夏生…」

またその呼び方なのかと、夏生は夢中で腰を蠢かしながら笑った。

「あっ、あっ…」

最奥《さいおう》を突かれる刺激と、膨《ふく》れ上がった自分のものがシーツに擦れ、もみくちゃになる刺激とで、息も苦しいほどの快感に揉まれる。

「あっ…、嫌やっ、嫌…っ」

頭が真っ白になるような強烈な快楽に、自分でも何を口走っているのかわからないまま、夏生は大きく背筋を震わせた。

それにつられてか、智明も息を詰め、低く喘ぎながら夏生の背に覆いかぶさってくる。

最後は互いの腰だけが、呼応するように大きく前後に動いていた。

「あっ…、ああっ…!」

どうにかなってしまうのではないかという快感に腰と背筋を攣《つ》らせ、夏生は悲鳴を上げる。

腰を捩《よじ》るようにして夏生が達するのと同時に、夏生の身体を深く抱き込んだ智明も、大きく腰を震わせる。何度となく背後から突き上げられる中、夏生の中に埋め込まれたものが膨れ、弾《はじ》けるような感覚があった。

「夏生っ」

低く呻くように自分の名前を呼ぶ智明の声に、どうしようもなく深い愛情、欲望を感じ、夏生は再度、喜びに身体を震わせる。

「智ちゃん…」

激しく弾んだ息の中、夏生はほとんど喉に絡むような声で、好き…、とつぶやいた。

「好き…」

同じように大きく息を弾ませた智明が、夏生の髪を撫で、背後から深く抱きしめてくる。

幼馴染みに対する愛情とは異なる恋慕を口にするだけのことが、どうしてこんなに難しいのかと、夏生は脱力してゆく身体を強く抱きしめられながら思った。

「…好き」

かすかな夏生の呟きに、智明が背後で微笑むのがわかる。

「知ってる」

昔から…、と男は笑った。

II

クーラーの作動音が聞こえる中、やさしい温もりがガーゼケットごと、夏生を包んでいる。

普段なら、朝方は少しクーラーで冷えすぎるぐらいなのに、背中が妙に温かいと思った夏生の耳許で、少し笑いを含んだ男の声が聞こえた。

「なっちゃん、そろそろ起きや」

大きな手がゆっくりと夏生の髪を撫でる。

もう少し…、と布団を引き寄せかけたところを、軽く鼻先をつままれた。

「起きとって、そやないとあとで慌てんなんことになるよ」

「んー…」

でも、この温かさが心地いいと鼻をつまんだ手を押しやり、目を閉じると次はわき腹をくすぐられる。

「うわっ」

何をするのだと、両わき腹をくすぐる手を押さえると、背後から長い腕が楽しげに笑いと共に夏生を抱き込んできた。

「あいかわらず、寝起き悪いよなぁ」

さっさと起き出しそうなタイプに見えるのに…、と背後で笑う相手を振り返ると、智明が目を細めて夏生を抱きしめていた。

乱れた黒髪と少し伸びた無精髭が無駄に色っぽい男だと、夏生は思わず苦笑してしまう。

「起きるで」

半身を起こした男に促され、夏生は苦笑しながら身を起こす。

「智ちゃん、朝はいつも時間いっぱいまで寝てへん？」

何度か智明のところに泊めてもらった時は、逆に八時くらいまで寝ていたではないかと、夏生は押し入れの衣装ケースから半袖シャツや靴下を取り出しながら尋ねる。

「俺のはぎりぎりまで寝てるだけやから、別に寝起きは悪ないよ」

脱ぎ捨てていたデニムを身につけた智明は、楽しげに笑う。

そういえばそうだったかと、着替えた夏生は智明と共に階下へ下りた。階段途中、広くてしっかりした幼馴染みの背中を頼もしくも、好もしくも思う。

ふと手を伸ばしてその背中に触れると、智明が笑って見上げてきた。

「なっちゃん、やっぱり猫っぽいっていうか、あのナツキっぽいよな」

「何でぇ？」

どこがあいつと似ているのだと、夏生は階段を下りながら口を尖らせる。

「あいつもたまに、トントンって自分から触ってくんねん。あの靴下はいた足先で、ちょんちょんって」

靴下というのは、黒猫の足先が白いことを言っているのだろう。

「…似てへんって」

納得がいかないとぼやくと、階段を下りきったところで智明が振り返り、両腕を広げる。

「ほれ」

「何？」

「朝のハグ」

そのままキュッと抱きしめられ、夏生は慌てる。

「え？　え？」

「いっぺんなぁ、なっちゃんのこと、こうやって抱っこしてみたかってんな」

楽しげに夏生を抱きしめたまま、智明は夏生の肩口に顎を埋めて楽しそうに笑っている。無精髭がチクチクと剥き出しの首筋にあたって、くすぐったいやら、戸惑うやらだ。

「え？　智ちゃんって、こういうことしたいタイプ？」

「俺？　しそうやろ？　案外、幼馴染みやと、こういう抱っこはできへんからな」

智明はどこまでも楽しそうだ。意外とこの男も夏生との関係に浮かれているのだろうかと、夏生はおずおずとその肩に頭をもたせかけて思った。

「夏生、おはようさん」

低くくぐもった声で名を呼ばれ、夏生は小さく笑う。

「おはよう」

「ん」

軽い頬へのキスと共に幼馴染みの男は腕を解き、勝手知ったる顔で座敷へと入っていく。

「智ちゃん、顔、先洗ってきたら？」

その間に朝食を用意しておくと、夏生は洗面所を指さす。

「じゃあ、お言葉に甘えて」

「タオル、出して使ってな」

オッケー、オッケー、と長身の男は廊下へと出てゆく。廊下へのガラス戸が開くと、ちょうど庭先から鳴きだした蝉の声が聞こえる。

今日も暑くなりそうだと思いながら、夏生はいつものようにクーラーを入れず、座敷庭へのガラス戸を開け放ち、続いて家の表の格子戸に面した窓を開けた。

扇風機をまわすと、少し湿り気を含んだ風が抜けてゆく。

夏生は口許をゆるめると、いつものように冷凍して置いたご飯を今日は二人分出し、味噌汁を作るべく、お湯を沸かしはじめた。

「なっちゃん、お先に洗面所使わせてもろた。俺、なんか手伝おか？」

台所へと顔を出す智明に、夏生は苦笑する。

「ご飯の準備って、できる？」

「あー…、下準備ぐらいなら？」

お皿運ぶとか…、と智明は指を折る。

あてにならないと笑いながら、夏生は座敷へと上がった。

「わかった、卵三つほどボールに割って、お椀とお箸と出しといて」

「それぐらいやったら」

子供レベルの手伝いだが、任せといてと智明は胸を張る。

いつものように水色のタイルを貼った洗面所の流しで夏生は顔を洗い、タオルに顔を埋めた。

いつもと同じようだが、朝の清々しさがまったく異なる。あいかわらず湿度の高い夏の朝なのに…、と夏生は鏡を覗きながら、さっき智明がキスを落とした頬に指先でそっと触れた。

ジー、ジーと鳴き立てる蝉の声も、今朝は不思議と煩わしくない。むしろ、夏なのだなと胸の奥が少し浮かれている。

台所に戻ると、智明が沸いた小鍋を前にどうしたものかと思案顔で立っていた。

「ごめん、卵は割っといた。この鍋は沸騰したから、火ぃ弱めてんけど」

「オッケー、それだけやってくれたら十分」

次は簡単な味噌汁の作り方を教えようと、夏生は男を座敷へと促す。

「お茶でも、淹れとこか？」

智明の提案に、夏生はそれも悪くないと頷いた。

「頼むわ」

夏生がわかめと豆腐の味噌汁と共に、卵のじゃこ炒めとご飯を座卓に運ぶと、智明がすでに番茶を淹れてくれている。

「朝の和食も悪ぅないよね」

のほほんとした智明のいい分に、夏生は苦笑した。

だが、いただきますと手を合わせ、食事をはじめる頃には徐々に庭を眺める余裕も出てくる。

「智ちゃん、時間大丈夫か？」

あんまりのんびりしていて医院の開院時間に間に合うのかと、夏生は年季の入った柱時計を振り返った。まだ八時を過ぎたばかりだが、一度、家に戻って身支度する必要もあるだろう。

「うん、まぁ、白衣さえ上に羽織れば、それなりに何とかなるし」

昨日の晩、夏生の家に泊まると母親に連絡を入れていた男は、相変わらずの持論を披露してくれる。

それより…、と智明は声をひそめた。

「…腰、大丈夫か？」

「何？　そんなん気にしてたん？」

まぁ、多少の違和感はあるものの、意外に大丈夫だったと夏生はいまさらに面映ゆくなって顔を伏せる。

「なっちゃん、腰細いからな」

あんまりキツかったらマッサージにおいで、と智明が鼻の下を伸ばすのに、夏生はその小脇を小突いた。

「スケベオヤジ」

智明とはずっと仲良くやってきたものの、意外に昔から下ネタは智明の方で避けていたのか、あまりしたことがない。

前に飲みに誘ってもらった時に同席した智明の高校時代の友人に、こいつは男前装ってけっこうムッツリやで、と暴露され、あえて智明が夏生の前でそういう話を振らなかったのだと気づいたくらいだ。

「まぁ、実際、オヤジ枠の歳になってきたしな。うちの兄ちゃん、俺の歳には子供おったって、この間も威張ってたで」

「史ちゃんなぁ」

そういえばそうだったかと、夏生は首をかしげる。

「…史ちゃんの持ってきたお見合い話、どうすんの?」

「見合い話?」

ああ、と味噌汁に口をつけた智明は、小さく肩をすくめた。

「めんどくさいから、つきあってる子いるからって、この間、釣書も写真も返してきた」

「…返したんや」

ようもあっさり…、と夏生は呆れた。めんどくさいという智明の言い分にも呆れるが、実際、智明のことならそう思っていかねない。

「なっちゃん、やっぱり今度、あそこの手水鉢にメダカ入れよう」

卵のじゃこ炒めが美味しいと喜びながら、智明は庭の空の手水鉢を指さす。

「最近はビオトープとか言うんやっけ？　また、前みたいに金魚藻とか睡蓮とか入れたら、きっとここの庭にあうと思うねん。姫睡蓮とかって、小さい睡蓮もあるみたいやし」

あの後、ネットで調べてくれたというおだやかな智明の提案は、その口調のせいか無理なく聞こえる。

「そやなぁ、いいかも」

どの色の睡蓮がいいだろうと、夏生は昔から見慣れた庭へと視線をやる。

「赤の色味がないから、赤系かな？　あんまり派手過ぎひん、淡い桃色とか好きかも」

ええね、と智明は目を細めた。

「じゃあ、また手伝うし」

智明が言うと、どうして頑なに気を張っていた自分の肩の力が抜けるのだろうと、夏生は手水鉢でやわらかい色味の花を咲かせる睡蓮を思いながら頷いた。

エピローグ

九月も半ばを過ぎ、朝晩がかなり涼しく感じられるようになってきた頃、庭先の廊下で智明が長身をやや折るようにして、嬉しそうに手水鉢を覗いている。

「智ちゃん、お茶淹れたけど」

智明がお裾分けにと持ってきた麩《ふ》まんじゅうに合わせ、お茶を淹れた夏生は声をかける。

「そんなに見てたら、メダカ煮えるで」

夏生が言うと、智明は苦笑しながら戻ってくる。

「あいかわらず、面白いイケズ言うな。メダカが煮えるかー…、俺のばあちゃんもそんな言いましてたよな」

何やったっけ、と智明は首をかしげる。

綾部の祖母は智明が生まれる前に亡くなったというので、おそらく母親方の祖母のことを言っているのだろう。

「ビオトープ、安定してきたみたいやね。あんまり餌もいらんて言ってたっけ？」

「うん、まったくなしっていうのは死なれても嫌やし、たまにパラパラやってるけど毎日やないよ」

昔、メダカに餌をやらせてくれと毎日やって来ていた智明が、夏生の母親に毎日は水が濁るし、あかんのよ、とたしなめられていたことを思い出す。

智明に手伝ってもらい、小さな睡蓮鉢を手水鉢の中に鉢ごと沈めた。その方が管理もしやすいのだという。

夏の間に買った時からついていた睡蓮の蕾がひとつだけ咲いたが、何ともやさしい桃色で、普段は庭などほとんど目もやっていなかった夏生が、あの時期はずいぶんな時間、庭を眺めて過ごした。

でも…、と夏生は思う。

智明と過ごすようになってから、やはり家に戻ってくる時間が長くなった。

睡蓮の花はなくとも、葉の陰で泳ぐ緋《ひ》メダカの姿を見るのは楽しいし、庭全体を眺める時間も増えた。

笹の葉に包まれた麩まんじゅうを手に取りながら、夏生は小さく笑った。

口に入れると、ひんやりとした麩と餡《あん》の甘さがなんともやさしく広がる。

あらためて少しずつ家に手を入れはじめると、自分の中でこれまでどれだけ余裕がなかったのかが見えてくるようになった。

逆に今は、それらに気づく余裕が出てきたのかもしれない。

「色んなことが、長いこと停滞してたなぁ…」

しみじみとした夏生の呟きに、智明はやさしい目を向けてくる。

京都の老舗の御家騒動としてマスコミに取り上げられた時には気分もささくれていたが、一月に夏生の店のはさみなどを取り上げてくれたあの婦人誌に再度取材を受けた時、一応、その件にも言及しておいた。

叔父は父を亡くして大変な時に『佐用』を支えてくれた恩人である。

父の死後、自分は一般企業に就職することも考えたが、昔の事故の後遺症などもあって、結局、自分で何か仕事を始めてみようと思った。

その時、やはり頭にあったのが、自分が代々商家で育ったこと、そして、実家の取り扱っていた刃物の世界への愛着だった。だから、刃物専門店を開くことにしたという、もともとの夏生の言い分だが、女性記者がずいぶん夏生に親切でかなり好意的にその記事を書いてくれたため、好奇心丸出しで店を覗く人間は前より減ってきたように思う。

「その女性記者さん、相当、なっちゃんのこと気に入ってはったみたいやな」

三十代後半の女性記者だったが、確かに気に入られていた自覚のある夏生は、察しのいい幼馴染みを横目に見る。

「そやろか」

とぼけて見せたが、智明はそのあたりを利用した夏生のしたたかさを、ちゃんと見抜いているようだった。ただ、やさしい目だけがわずかに夏生を咎《とが》めている。

あの婦人誌の記事があったためか、この間、『佐用』がテレビ取材を受けた時には、叔父がちらりと『柳井』のことに触れられた際、甥《おい》である夏生の開業を応援しているというニュアンスの受け答えをしていた。

「まぁ、うちの叔父さんもああ言うてくれてはったことやし、結果的に悪ぅはなかったんかなって」

「そやね」

智明はのんびりと相槌を打つ。

「これでそこそこ丸ぅ収まってくれるとええんやけど」

夏生は温かなお茶を口に含む。麩まんじゅうの冷感は美味いが、もうそれに冷たいお茶をあわせる時期ではなくなっている。

「最初は店はじめるにしても、なんで京都戻ってくんね、て言われたし。大阪でも神戸でも東京でも、好きなところで店したらええのに、なんで京都戻んねや、て。当てつけやと思てはったみたいや」

お母さんももうおらへんしなぁ…、と夏生は呟く。

「当てつけて、京都《ここ》、なっちゃんの家あるやないか。なっちゃんの生まれて、育った家やろ？」

「わからへん…」

夏生は湯呑みを引き寄せながら、首をかしげた。

「当てつけるつもりはなかったけど、負けたないて気持ちはどこかにあったかも…、しかも、かなり…」

ぼそりとつぶやくと、智明が失笑する。

「そういうとこ、なっちゃんらしいよなぁ」

でも、と麩まんじゅうを食べ終えた智明は、後ろ手に手を突く。

「ある程度、人間生きていく時には、そういう欲とか意地とかに折り合いつけていかなあかんのかも」

「何?」

夏生はずいぶん達観している幼馴染みを、恐る恐る見る。

「智ちゃんは高校の時から、『欲がない』とか、弓道のコーチに言われてたけど、それも無欲から来てんの?」

「いや、そんな聖人やないけど、附属病院にいた時に色々あってな。死にそうな患者さんの横で、本妻さんとお妾さんとがギャーギャー喧嘩してるとか、そういうの見たこともあったから」

あれはすごかったなー、と智明は遠い目を見せる。

「智ちゃん、苦労してんねんな」

「いや、でも、今も患者さんのおじいちゃん、おばあちゃんの話聞いてたら、あんまり意地張るよりは丸く収めといた方が、世の中うまいことまわるんかなって」

…ああ、と夏生はぼそりと洩らす。

「あいかわらず、人タラシのジジババ殺しなんや」

「人聞き悪いなぁ」

いったい、この男に欲などあるのだろうかと、夏生は智明の整った横顔を見ながら思う。

夏生を腕の中に閉じこめてしまいたいと言われたが、そんな仄暗い欲が智明の中にあることなど、今も不思議に思う。そして、面と向かってそう言われても、それを怖いとも思わない自分がいる。

今も昔も、ずっと当然のようにその腕に安心してきたから…。

「あ、ナツキ」

窓の外を眺めた夏生は、いつのまにか庭先にちょんと座っているハチワレ猫を見つけ、小さくつぶやく。おそらく、隣家から壁を越えて入ってきたのだろう。

自分の名前で呼ぶのは忌々しいが、智明が当然のように夏生の名前で呼ぶので、何となくそれ以外の名前が思いつかずに今に至る。

「あいつ、いっぺんも俺に撫でさせへんのや」

へぇ…、と宗近は目許をやわらげた。

「なんやろ？　なっちゃんと同じで、人見知りするんかなぁ？」

「人見知り？　俺が？」

「なっちゃん、それなりに周囲に愛想はええけど、基本は人見知りやろ？　懐くと可愛いで、あいつ」

いかにも意味ありげな智明の言葉に、夏生はあらたに恋人となった男を小さく睨んだ。

「あ、そう。そやったら、あいつと仲良うしとき」

「仲良うしたら怒るくせに」

何言ってんの、と智明はやわらかく目を細めた。

END

あとがき

こんにちは、かわいです。この度はお手にとっていただいてありがとうございます。今回、ルチルレーベルさん二十周年ということで（おめでとうございます！）、ずいぶんゴージャスに四六判で出していただきました。

何よりも素晴らしいのが、笠井あゆみ先生の美しい表紙ではないでしょうか。古都の洋館と、逆に京町家の描ける方、ということで笠井先生にお願いしました。実は発売時期に合わせて、とても透明感のある冬仕様にしていただいたのですが、これが私の不甲斐なさのせいで、発行が半月ほど遅れてしまいました。ずいぶん、ご迷惑をおかけしてしまい、申し訳ないです。

今回はプライベートに時間を取られたこともあり、作業そのものが非常に難産だったのですが、表紙のカバー下絵をいただいた時、本当に涙が出そうになりました。プリントアウトして、机の前に今も貼ってあります。作業中も、笠井先生のイラストにずいぶん救われました。表紙を含め、智明の表情がすごく優しそうで嬉しいです。あと、素直になりきれない夏生の抱えた不安定さとか、タキシードニャンコも素敵、素敵！　こんなに麗しい絵なのに、ラフがまたとってもラブリーでこのギャップもたまりません。本当にありがとうございました。

何本か過去にも京都を舞台とした話を書かせていただいたのですが、自分の京都への愛着のもととなっていた祖母もすでに百一歳。最近は笑顔ばかりで言葉も少なくなって、あの私の好きな昔ながらのイントネーションを聞く機会もめっきり減ってしまったのが、少し切ないです。

そして、京都…というより、これは関西に共通じゃないかと思うのですが（もしかして、西日本共通？）、三十代のみならず、いい歳した男の人が、仲のいい友達を平気で○○ちゃんとちゃん付けで呼ぶのは、わりによく見られる光景です。それこそ、おっちゃん、おじいちゃんと呼ばれる歳になっても、○○ちゃんなぁ、と子供のように嬉しそうに呼びかける姿は、なかなかどうして可愛いっていうか、いつまでも少年の魂を失っていないようで、いいもんです。

ただし、これは誰にでも用いられるわけではなく、本当に親しい関係の人にだけっていうのがミソでございます。でも、飴ちゃんなどのように、飴にもちゃんづけは普通にあるあたり、その線引きは微妙かもしれません。

町家については、五歳、六歳くらいまで住んでいた父方の実家が、こういった走り庭のある昔ながらの家だったのですが、この土間の冷えることと窓や戸口から入り込む隙間風の辛さといったら、もう…。外に立ってるのと変わらないんじゃないのかというぐらいの寒さでした。子供の頃は冬はデフォルトで、手や足にあかぎれとしもやけがありました。そんなこんなで、今も町家を昔のままに維持されてる方って、本当に偉大だなって思います。スーパー冷え性の私は、つい家を建て替えたいとか、改装したいと思って、家の価値を下げそうな気がします。

あと、作中に出てきた庖丁ですが、個人的にはよく切れる庖丁が好きです。今、十三年ぐらい前に昔ながらの金物屋さんで勧められて買った堺菊秀のペティナイフと、去年買った有次さんの三徳庖丁をメインで愛用してますが、どちらもスパスパ切れてすごく気に入ってます。
一応、家の中の刃物はある程度、家で手入れしてるつもりだったのですが、前に地元の金物屋さんで鋼の菜切り庖丁を研いでもらったら、まな板に刃先がめり込むぐらい切れるようになって、本職の人が研ぐとすごいことになるんだと驚きました。たいして高くもなかった鋼の庖丁でこれなら、プロ用のウン万円もする庖丁は、さぞかしすごいに違いない。次は出刃庖丁の研ぎを頼むか、いいものに買い換えるか、迷ってます。

最後になりましたが、この本の発行に携わってくださった担当さんやデザイナー様、印刷所の皆様をはじめ、ご関係の方々にお礼申し上げます。
そして、ここまでおつきあいいただきました皆様方にも、どうもありがとうございました。少しでもお楽しみいただけたなら、幸いです。

かわい有美子

夜の猫

仕事から戻った夏生が細長い新聞紙の包みを広げ、ススキを奥座敷の床の間に活けていると、こんばんはぁ、と玄関から智明の声がかかる。

「ごめん、入って！」

夏生は玄関に向かって声を投げ、信楽焼の壺に活けたススキを少し下がった位置から眺める。

「ナツキも一緒やけど、かまへん？」

声をかけられ、夏生は驚いて振り向く。どうした気まぐれか、ナツキは智明と共にひっついて入ってきたらしく、その足許で嬉しそうにデニムに頭をすり寄せている。

「ええけど…、二階上がらんといてや」

夏生がなかばぼやきに近い声を出すと、智明は、座敷への上がり口に腰を下ろした。そこで、おとなしく足許にまとわりついているナツキの頭を撫でている。

「何？　ススキ？　へぇ…、ええね」

「うん、『柳井《うち》』の向かいの道具屋さんにもろたんや。店先にこういうの飾ってみるのも、季節感あって、粋でええんちゃうかって。それの残り」

「ああ、店にも合うかもなぁ。道具屋さん、気ぃきいてるやん」

餅《もち》に餡《あん》を巻いた月見団子を持ってきてくれたという智明が感心すると、その横からひょいとナツキが顔を出して、夏生の顔と智明とを見比べた。そろりそろりと座敷に上がってくるハチワレの前で、夏生は手にしたススキを猫じゃらしのようにゆらゆらと振ってみせる。

しばらくススキの穂先を目で追っていたナツキは、やがて我慢できなくなったのか、飛びかかって穂先を抱えようとする。

ははっ、と声を上げた夏生は、意外にチョロいなと穂先を揺らした挙げ句、ぽいと庭へと投げる。ナツキはそれを追って庭先に飛び降り、恨めしげにちらりと夏生を振り返ったあと、そのまま隣家への壁を身軽に越えていった。今日も気まぐれに顔を出しただけらしい。

「何？　履歴書？」

机の上に置いていた履歴書を、智明は目敏く見つける。

「うん、うちの店で扱ってる商品が好きやって、何回か来てくれてた芸大の子やねんけど、『柳井《うち》』でバイトの採用とかしてないやろかって、店で聞かれてん。一度、頼んでみようかなって」

遠方だし、誘いを断った以上、いつまでも宗近に来てもらうわけにもいかないからと、夏生は応える。

「へぇ、ええ子やとええね」

智明がそう言ってくれると、少しずつ物事はいい方へ進む気がすると、夏生は隣へ来た男の肩に、そっと頭をもたせかけた。

この作品は書き下ろしです。

かわい有美子

一二月二七日生まれ。

一九九五年、小説b-Boy（ビブロス刊）四、五月号、『EGOISTE』にてデビュー。

当時のペンネームはかわいゆみこ。

二〇〇二年夏よりペンネームをかわい有美子に変更。

君《きみ》と僕《ぼく》と夜《よる》の猫《ねこ》

二〇一六年三月三一日　第一刷発行

著者　かわい有美子

発行人　石原正康
発行元　株式会社 幻冬舎コミックス
〒一五一-〇〇五一 東京都渋谷区千駄ヶ谷四-九-七
電話　〇三（五四一一）六四三一［編集］

発売元　株式会社 幻冬舎
〒一五一-〇〇五一 東京都渋谷区千駄ヶ谷四-九-七
電話　〇三（五四一一）六二二二［営業］
振替　〇〇一二〇-八-七六七六四三

印刷・製本所　中央精版印刷株式会社

検印廃止

ISBN978-4-344-83652-5　C0093　Printed in Japan

幻冬舎コミックスホームページ　http://www.gentosha-comics.net